CB008738

CÍRCULO *Luna Parque*
DE POEMAS *Fósforo*

Poesia reunida

Donizete Galvão

Organização

PAULO FERRAZ e TARSO DE MELO

AS FACES DO RIO [1991]

DO SILÊNCIO DA PEDRA [1996]

A CARNE E O TEMPO [1997]

PELO CORPO [2002]

MUNDO MUDO [2003]

a noite das palavras

O ANTIPÁSSARO [2002-2014]

Nota dos organizadores

Os leitores têm agora em mãos um dos percursos mais singulares das últimas décadas na poesia brasileira. São quase quatro centenas de poemas escritos entre os anos de 1980 e 2010 por Donizete Galvão (1955-2014), moendo e remoendo suas raízes mineiras em atrito permanente com o asfalto-concreto paulistano.

A reunião de seus nove livros permite experimentarmos com ainda mais proveito e espanto as diversas formas que suas "ruminações" assumem de uma obra a outra, enquanto o poeta exilado de *Azul Navalha* se transforma em maduro *antipássaro*. É impressionante o tecido poético que se forma pela reverberação dos elementos de um universo pessoal forjado na infância — as pessoas, as palavras, as coisas, as memórias que o poeta carrega e que o constituem mais profundamente —, enquanto ele se movimenta por um outro mundo, mudo, em que "toda rua termina/ em muro".

Doni foi embora muito cedo, mas chegou a pensar na reunião de seus livros, para fazer voltar a circular, noutro tempo, para outros leitores, com pequenas alterações e correções, os primeiros livros já esgotados. Ele não concluiu a tarefa, mas um arquivo em seu computador guarda uma folha de rosto em que aparece o título *Recolha (1988-2006)*. Ou seja, o poeta, logo depois de completar cinquenta anos, imagina recolher sua poesia e, na pior das hipóteses, recolher-se também, mas não o fez, para nossa sorte.

Foi nessa prematura tentativa de recolha que, agora, esta *Poesia reunida* se baseou, cotejando, quando possível, as versões impressas com aquelas que ele próprio revisitou, dando sempre preferência para a derradeira manifestação. Donizete foi um poeta não menos ressabiado que meticuloso; diante de sua poesia tem-se a impressão de que a forma final — a que ele mesmo já havia chegado nos livros ou no arquivo — representa a expressão exata de sua voz, razão pela qual são escassas as variantes. Em relação aos primeiros livros, coube a nós, organizadores, a mera atualização ortográfica ou eventualíssimas correções.

Se os poemas de Donizete são tão importantes para nos ajudar a olhar para essas décadas passadas em que foram escritos, agora parecem-nos ainda mais importantes pelo que eles têm a dizer sobre os dias que ainda vivemos e viveremos. No poema "Língua-mãe", fechando seu livro póstumo, *O antipássaro*, o poeta diz que "por mais que tente/ ninguém chega perto de ti/ poesia". É preciso discordar, porque um menino inquieto de Borda da Mata (MG) soube encontrá-la — como poucos — em São Paulo. Em suas páginas, estamos perto, bem perto, dentro dela.

Não podemos deixar de agradecer a confiança de Ana Tereza Marques e de seus filhos, Anna Lívia e Bruno, para editar este livro e ajudar a fazer a poesia de Donizete Galvão circular da melhor maneira possível. Na pessoa deles, agradecemos ainda à rede de amigos do Doni, como era e sempre será carinhosamente conhecido entre nós; amigos que também não medem esforços para manter viva a obra desse imenso poeta, que calhava de ser, ainda, o melhor amigo de todos à sua volta.

Maio de 2023

Azul navalha
[1988]

para Ana Tereza
e Bruno

O poeta não se serve
das palavras — é o seu
servidor.

Octavio Paz

The twilight turns
from amethyst
to deep and deeper blue.

James Joyce

Caça

Eu posso tentar explicar
a estranha alquimia do sangue nas veias.
O que não me revelam
os olhos das pessoas.
O processo de imantação das bruxas.
A parte do sol
e a parte escura
de nós dois desconhecida.
Não prometo ser verdadeiro.
Palavras.
Caças ariscas traiçoeiras.
Caçado ao invés de caçador.

Teia

Não o líquido.
Penumbra sólida.
Brilha.
Aranha perdida
nas teias que en(tris)teceu.

Antitrapezista
deseja ser trapezista.
Procura os anjos
para devorar-lhes o coração
num canibalismo inverso.

Pedra lunar pré-astronáutica.
Agora não sei.
De madrugada,
termine o poema para mim.
Viajo para a sabedoria do gato.
Esfinge tudo secreto
nada.

Encontro

Na esquina da cidade brasileira,
defronte à própria pessoa,
a volta ao menino passado.
O instante do espelho partido.
O momento fugaz do pleno integral
flui no tempo que alucina.
O fluxo das ondas até a praia deserta
deixa na areia a desconhecida face
cristalina.

Medo

Meu medo maior
não é do corte necessário
em direção ao maduro.
Temo as horas mornas dos dias infindos
quando o ser estanca cansado de si.
As frutas apodrecem nas geladeiras.
Os passarinhos morrem nas gaiolas.

Espera

Vivo em compasso de espera.
Passo pelas coisas
sem sentir-lhes o gosto.
Espero o momento da revelação.
Tudo luz, tudo deus.
Água pura cristalina.
O silêncio da nenhuma palavra.
A vida sem peso.
O coração vazio.

Garimpo

Tudo depende da calma.
Tudo depende da alma.
É preciso trabalhar a palavra
derramando nosso suor sobre ela.
Passá-la mil vezes na peneira
à procura do que seja verdadeira joia.
Depois, deixá-la, simples e nua,
exposta ao desejo dos demais.
Nem minha, nem tua.
Nem a quero. Não a amo mais.

Só

O pastor terno e doce
apascenta nuvens e sonhos.
À noite, quando a cidade dorme,
ele vela para que o dia amanheça.
Nem sons, nem gestos
povoam a solidão do pastor.

Domingo paulistano

Uma pombinha encardida pousa na calçada.
O casal de namorados deixa a lanchonete.
Cheiro de hambúrguer no ar.
Daqui a pouco estarão acesas as luzes da cidade.
Imenso cartão postal da nossa solidão.

Notícia

Que mínima esta primavera paulistana,
tão ascética de flores e verde.
Ela entra pela nossa casa via TV,
que à falta de melhor imagem
passeia a câmera pelas flores de floricultura.
Esta invisível primavera
só chegou para quem viu o noticiário.

Cidade

ó blues de cruciais impossibilidades
dores de amores inexistentes
rosas amarelas mortas no apartamento
beijos e saliva nas tardes desérticas

ó visão depressiva do asfalto molhado.
prédios encardidos & a horda dos bárbaros
arquitetura de guerra de dias provisórios
espelho poluído da cidade da chuva

ó mundo artificial com sua natureza de néon
espetáculo de vitrines e exibições
nada de eterno palpita no seu coração
tudo já nasce velho para ser refeito amanhã

O gato

O gato é secreto.
Tece com calma o mistério do mundo.

O gato é elétrico.
Pura energia a percorrer a espinha.

O gato é orgulho.
Sem humildade, jamais se entrega.

O gato é desejo.
Atração pela lua e telhados.

O gato é sagrado.
Olho no olho que brilha.

Um susto.
Parece que vemos Deus.

Quase

No início
tudo se resolveria.

Até que apareceu um problema
e no meio do problema havia um x.

Por um triz
não fui feliz.

Pesca

A obsessão pela palavra
rios dela passam pela peneira
e as mãos continuam vazias de ouro

A obsessão pela palavra
todas as noites lançam-se os anzóis
e a fieira amanhece nua de peixes

A obsessão pela palavra
cada uma delas é pedaço de espelho
e a pessoa se vê fragmentada

Equilíbrio

Nu
bailo
numa
navalha

Sem
nada
que me valha
só
me prende
um fio
        de esperança

Estrangeiro

A alegria, ave passageira,
pousou por um breve instante
nas mãos do menino.

Agora, ele está de mãos vazias
estrangeiro de sentimentos
diante da felicidade dos homens.

Cantiga

O pássaro da meia-noite
veio e cantou na minha janela.
A melodia do tigre,
lamento animal,
grudou nas paredes do ouvido.
A música de Ravel
roda, roda e nunca termina.
A onda do desejo
bate na rocha.
Eterna, eternamente.

Mudas

As palmas de domingo
ignoraram a segunda-feira
— o gosto amargo na boca —
e amanheceram abertas,
terrivelmente vermelhas.
Mudas cumpriram o imutável
inundando de vida
o apartamento deserto.

Das frutas

Das frutas não soube o sumo
nem tampouco
toquei suas carnes.
As melhores delas
ofereci aos senhores
que cruzei na vida.
Outras, mais belas,
apodreceram na fruteira
enquanto mastigava
sonhos de moço
na janela.

Sem certeza

O segredo da pera,
muda certeza,
é o cumprimento do ciclo
até a madureza.

Por que então
insisto nesta lavra
de manchar o branco
com o sangue da palavra?

Aves

As aves migram.
Levam os sonhos
nas suas asas.

As aves voltam.
Os sonhos ficam
nos quintais
das outras casas.

As ninfas

As meninas
florescem em músculos e seios e barrigas lisas,
peles de pêssego
maduras aos olhos da cobiça.

As meninas
são miragens de vitrina,
algodão doce de esquina,
infláveis ao vento da paixão.

Tão voláteis, tão escorregadias.
Basta um toque.
E não resta nada em nossas mãos.

Flash

tanto gato   tanta gata
        carnes tenras sob o sol
músculos exatos   coxas matemáticas

fios de alta tensão
        faíscas de paixão
deuses   deusas
        pique do diabo
esquinas da cidade

Clone

Ele vendeu sua alma a Deus
Dorian Gray das danceterias

Ele expôs seu corpo à massa
Ídolo de carne do showbiz

Acende a libido dos plebeus
Fauno/gato no giro dos quadris

De fora

Em uns,
o desejo não cede.
Nem todo mar basta
para certas sedes de azul.

Em uns,
a memória não falha.
Eterno retorno
pelo fio da navalha.

Bela

dela a palavra mais rara

clarividente pulsação de

signos

claraboia abissal

clareira dourada

claros enigmas

das maçãs no escuro

Natureza morta

visão de vísceras
de um ser marítimo
que exibe a dilaceração
de suas carnes brancas

o ritual pagão
tinge com sangue rosado
a água da bacia

um deus morto
vai ser devorado
no almoço da família

ânsia de mar
na manhã de domingo

Trama

um mar de sargaços
repousa sob as águas
profundas dos seus olhos.
que atlântidas escondem?
que amor cínico eles não revelam?
e esses corpos mortos
por trás do espelho liso
de sua íris?

Diálogo

—

imagine o toque da navalha
trilhas abertas na pele da cara

—

pense no corte da gilete
rompendo o tecido das veias
rastro de sangue na areia
mar azul tinto de vermelho

—

e a possibilidade do salto
do edifício da Sears
gosto de abismo na boca
no voo reto para o asfalto?

—

e por que não a roleta-russa
a bala exata zumbindo no ouvido?

—

e por aí foram
até que se quedaram
                                        mortos
de tédio

Diante de uma fotografia de Auden

para Celso Alves Cruz

e agora essa fotografia

a aridez dos sulcos
a devastação da terra
os olhos baços

foi de tomar gim?
foi desengano de amor?
foi falta de fé?

ele pressentiu no espelho
cada um desses estragos?

ele sentiu o tempo
abrindo essas crateras?

mas não importa
a cara de velho do poeta
se contra todo o bom senso
ele pode negar a idade
e inaugurar

o novo

o belo

o inútil

Bilhete

"Your latest trick" / dizer que fique fique fique /
trancar no banheiro / um fio de água salgada
brota da nascente vermelha / círculos
de dor rumo ao ralo da pia / caco preso
na garganta / belas palavras mal ditas / vulto
de mulher que vai embora / zero nada vazio /
inventário da agonia

Voraz

peixe de briga
trama/trava
dança de morte no aquário
sinal de sangue
crava a boca
na carne
julga ser outro
a imagem
refletida no espelho

Voo

segue essa trilha
            kiritekanawaiana
bebe desse sulco
            iça voo
pássaro pássaro pássaro
            paira
sobre essa cidade de pedra

Paisagem

Árvores recortadas em preto
que paisagem evocam?

Dobras de veludo tudo cobrem
nessa noite de sombras tão espessas.

O coração repousa
no frio dessa mata.

A aragem da montanha
toca o pensamento.

E o carro roda
em direção ao asfalto.

O paraíso morre
no limite do relógio.

Dança de Gades

Um gesto que fura
o ar espesso de desejo.
Corpo que volteia
em tempestade da carne.
Pernas que são setas
afrontando chãos e deuses.
E Davi dança nu
sobre a arca sagrada.
E é mouro e cigano
nessas coxas atracadas.
Balé de galos sem fim,
sede de entrega e de morte.

Presença

A dor difusa
se esconde em músculos, poros
ou dobras de pele.
Ela e sua tática de guerrilha,
ela e sua camuflagem de bela,
ressalta aqui, oca ali,
técnica de ataques e recuos.
Adere ao celuloide,
está no canto do olho,
nos vasos comunicantes das palavras.
Ela no cachorro morto na rua,
na planta seca no corredor de ferro.
Ela nunca bate à sua porta,
dorme com você sob o mesmo lençol.

O rio intocável

para Paulo Octaviano Terra

Na cidade dos sonhos
corre o rio que o sonho cria.
Rio irreal, no entanto, igual
a um rio que já conhecia.
Escrevo meu nome na água
tal qual aquela, mas não a mesma,
onde a criança escrevia.
E seca a boca a sede
que a mão não toca
o que de fato importa,
a pureza da água, o peixe,
a paisagem que já não existia.

Pássaro de ouro

Na noite,
um ritmo,
um som que se enovela
e solta chispas
de palavras exatas.
Ele vai.
Bebe a água do primeiro poço.
Pisa na sarça ardente.
Segue o fogo-fátuo.
Tocar o pássaro de ouro
ele nunca toca.
Pressente sua plumagem artificial
e seu canto alucinatório
chega ao labirinto do ouvido.
E anda. E anda. E anda.
Que a mata esconde
o que ele não sabe
que procura.

Mar de Paraty

Noite marítima,
peixes de prata
ferem sua carne escura.
No lodaçal do cais,
solidão corroída pela maresia.
Neste imutável mar de Paraty,
um desejo de repouso
de exilado que encontra
sua interna geografia.

Caixa de Pandora

I

Posso tocá-la agora,
emoção cristalizada,
caixa de Pandora
nos sulcos de vinil.

II

Uma canção.
Bem mais que música
overdose de paixões.
Dá para chorar um século
inteiro pelos escravos dos *harlems*
pelas mulheres abandonadas nos bares
feito um cão.

III

No paraíso da garganta
tudo tem salvação
cristais, diamantes, ametistas,
orquídeas e gardênias,
tudo brota do chão.
Lá fora,
viver não é fácil.
Mamãe e papai
don't stand by.

IV

Nas ovelhas negras
transgredir é de lei.
Espetáculo público
de íntimas dilacerações.

Onde

Tarde
de açucenas degoladas
que caem
e quedam murchas,
exiladas
na água da vasilha.

Diga-me,
hierofante,
tudo o que a mão do homem toca
é morte?
E morte sendo,
está ela na mão dele
ou na açucena
que a trazia consigo
desde o primeiro dia?

Tocaia

Entre nós
esse meio século
e esses mares de Espanha.
Mas ela,
a palavra,
está aqui.
Granada estilhaçando
as tripas
desta noite de vidro.

Que lugar no mundo
para a ferida de sua morte?
Que lugar no mundo
para a dor refletida em mim?

Mas a palavra,
a cada instante recém-nascida,
tem seu veneno renovado.
Armadilha de tocaia
com sua carga explosiva
engatilhada.

Cidade irreal

Uma membrana de morte envolve a carne cinza da cidade. Essas pessoas que passam com suas faces interrogativas nos ônibus e nos trens são figuras de um pesadelo, condenadas a repetir o mesmo trajeto. Ninguém chora por ninguém. Cada uma delas pensa que é real. O sonho é o outro. Que a está sonhando também.

Olhos do mar

O mar não se basta.
O mar salgado,
com sua sede sem porto,
joga-se contra os penhascos
e pede água, água, água
como se por uma gota dela
pudesse ser salvo.
Amazonas nenhum
chega para sua secura.
Tudo que sua língua toca,
mar fica, pleno de salinidade.
A sua solidão azul nunca termina.
Que o que ele quer
a sua grandeza não alcança,
a antissalina e intocada
água
que brota na pedra,
rio acima.

Caros amigos

Não ter amigos.
Ansiar por tê-los.
E dispensá-los.
Recriá-los, outros,
na imaginação.
Estar com todos
e com nenhum.
Beijá-los agora,
adeus depois,
amá-los sempre,
ateu,
que a solidão
não dura mais
que uma vida.

Pontilhão

aquele trem que vem e some
na curva e esmaga o bêbado nos dormentes
esmaga também o coração de menino que sem
ter sentido o gosto da viagem pressente
no seu apito o aperto da dor da partida

Desencontro

As suas montanhas
desenham a geografia do tédio.
É bela a paisagem lá fora
com o cheiro das jabuticabeiras em flor.
A vida escoa mesquinha
nessa cidade coberta por um invisível pó.
Nunca um encontro marcado.
Longe, exilados
de sua nobreza decaída.
Perto, olhos fixos
num tempo de inocência
que não mais existe.

Lição de casa

I
Primeiro ano do ginásio.
Leitura: *Mudanças*.
Autor: Paulo Mendes Campos.
Comentar a seguinte frase:
Viver é colecionar ruínas.

II
Oh, sim
a cidade está lá.
Toda manhã, o sol
passa entre as folhas da piteira
e ilumina a sala de aula.
Continuam lá
as ruas de paralelepípedo,
os botequins de cachaça,
as lojas com seus algodões e chitas.
Para quem partiu
a cidade é só estilhaço.
E não há passagem de volta
que cole esse cenário em ruínas.

III
Vinte anos depois.
Lição aprendida.

Invocação

Bruta mão da noite
desça e fira
os exilados.
Esses nas janelas,
olhando o deserto
da cidade.
Esses nos apartamentos,
acossados
diante dos espelhos.
Esses insones,
errando pelos labirintos
da memória.
Desça
e esmague-os todos
com o peso
de sua pancada.

Dança aquática

Os peixes
buscaram as profundezas do lago,
entre os juncos e o lodo.
As migalhas de pão e as vísceras
encontraram as águas mudas.
Muito depois,
o homem dorme
e sonha uma outra pescaria.
Enquanto sonha,
os peixes saltam
e as escamas brilham.
Riscam de prata a noite
                                        cega
para esta coreografia.

Irmão inventado

Na noite de olhos secos,
um outro repete meus gestos.
Num quarto igual a este,
interroga o branco das paredes.
Se durmo, sonhará ele meu sonho?
Beberemos os dois
a água do mesmo rio?
Meu irmão inventado,
o que eu faço não sei.
Quem me lê é quem me cria.
Espalho cacos de um espelho.
Minha face por inteiro não verei.
Veja você por mim qualquer dia.

As faces do rio
[1991]

em memória de
Sílvio Abel,
João Cesário,
Anita e Irene.

All that's beautiful drifts away
Like the waters.

W. B. Yeats

Saber que nos perdemos como o rio
E que passam os rostos como a água.

Jorge Luis Borges

O homem é olhar, o resto não é nada
mais que carne.

Rumi

Fundador

Ele fundou uma cidade na memória,
território de sonhos que a tudo acolhe.
Ruas que são matas
que são rios
que são abismos
em ilógica geografia.
Mortos de infância
falam com amigos de agora.
Cruzam a cena
faces entrevistas em outras esquinas.
Há um horror de arma engatilhada,
pronta para começar o sacrifício.

Eternidade

Entrar num zoológico
é tocar um mundo
apenas vislumbrado.
Cada bicho nos mira
com olhos sem memória.
Nada foi. Nada será.
Tudo é agora
neste universo sem relógio.

Pesca

Quando o rio se turva.
toda insistência é inútil.
Os peixes procuram o fundo,
os anzóis só encontram enroscos.
O pescador morre de sede
à margem da página.

Entrevista de Brodsky

A língua não é do poeta
instrumento.
Antes, ele, dela,
cavalo.
No galope,
o chicote dela fere
e ele descobre paisagens
que nem existiam.
Sob a sela da língua,
sucedem-se os poetas.
Ela avança. Sempre viva.
Recém-nascida.

Visco

Em certo Forte Bastiani,
ele consome seus dias.
Imóvel, espera
o que não sabe que espera.
Pés e mãos postos
em invisível visco.
Pode morrer de asma
em quarto de cortiça.
E sem redescobrir as palavras
escondidas nas areias
da melancolia.

Três vidas

a garça beira o mar.
de água, ela, seca.
mata a garça,

ele, de água, excede.
a água salgada dele
não a sede dela.

a poça d'água
exilada na rocha,
água do mar foi.
a maré alta espera
para voltar a ser mar.

a água-viva em mar desliza:
mar é, mar não sendo.
medusa má, queima quem mar não é.
fora dele, morre: gel sem cor
estendida na areia.

Descoberta

sete portas

cruzadas

sete véus

rasgados

carcaças nas calçadas

na praia brava

do quintal da casa

um barco um mar uma ítaca

O coração é um espelho

Não. Não lá,
onde as terras mudaram de mãos
e parte da nossa carne
arde, até restar o osso.

Não. Não lá,
onde a onda do mar bate na porta
e a pele é obra de arte,
tela desenhada pelo sol.

Há um tempo
em que toda viagem é inútil.
O coração reflete
a sempre única paisagem
de sombras e desertos.

Trilhas

Caminho
de vacas,
cascos
cavando
trilhas
na grama.
Traços
de terra
batida,
rentes
aos cupins.
Sintaxe
bovina,
pontuada
por bostas
verde-capim.

Ambiente de trabalho

Volvo a cabeça
e meu olhar inaugura um pântano.
Carcaças de arquivos,
mesas e máquinas.
Uma gente oca,
recém-inventada por Morel,
repete falhas mecânicas.
Volvo a cabeça
e antecipo estátuas
que, ao sopro do vento,
de sal, transmutam-se
em pó.

O homem no sofá

O olho é uma fonte
de onde brota um regato
que lhe batiza a face
e irriga o tapete.
A face é a de um recém-nascido,
abandonado pelos deuses
no labirinto familiar da sala,
sem um aceno de compaixão.
Que fio conduzirá este homem
dentro desta noite
que a lua inaugura?
Noite antiga.
Noite de tantos.
E, no entanto,
tão exclusivamente sua.

O poço

1

O poço não é um buraco com água a céu aberto,
mas cristal líquido, cravado no tijuco cinza.

Cada dia o poço é um e está mudado em outro:
à custa de tanto uso, cada manhã mais novo.

Sempre outra é a dança dos círculos até a borda,
que pouca pedra basta para infinitos movimentos.

A primeira água do poço não serve para o pote,
pois sempre há cisco, insetos ou pele de ferrugem.

Entretanto, o fundo do poço tem belezas de parto:
a mina lança brotos de água e insufla areia fina.

Se à noite chove, o poço turva-se como quem morre.
Não amanhece espelho e sim buraco com água suja.

2

Beber água do poço, direto, sem caneca, exige tento,
pois a concha da mão não basta para quem tem sede.

Um modo elegante de para o poço fazer reverência
é tirar o chapéu e mergulhá-lo, agora mudado em copo.

O suor pode botar gosto de sal na água doce do chapéu,
mas o que refresca a garganta, também a cabeça esfria.

Outro modo, é quando há por perto folhas de inhame.
A água desliza no verde com sua película de prata.

E as gotas, na corda bamba, quais aquáticas bailarinas,
bailam tão puras, que a gente sente pena de bebê-las.

Mais um modo, é como o papa deitar-se de corpo inteiro:
a boca beija a água e, do fundo, outro olho nos enxerga.

Enquanto se engole a água, as costelas roçam o chão.
Não se sabe se o pulsar é dela, terra, ou dele, coração.

Ruínas

Mas ¿no puedes, Señor, contra la muerte,
contra el límite, contra lo que acaba?
César Vallejo

Sobra tão pouco de tudo.
Umas fotos, roupas mofadas,
móveis que o caruncho carcomeu.
Esqueleto de casa
que o mato devora.
Quando a ruína chega,
arquivam-se atestados de óbito.
E alguém herda a mala
de lembranças envenenadas.

Ipês amarelos

Na primavera,
o ipê despela suas folhas
e exaspera
o mais cru amarelo.
Sua nudez amarela
é pele da alma que aflora
grudada à casca dura.
Na grota, berra o ipê,
traço de Miró,
abrindo cratera
no verde-tela da mata.

Absorto

Medusados

pelo instante,

fitamos o oco,

o que não tem foco:

um fosso no branco,

um poço de cristal

(intocado pelo pensamento)

no curso do dia.

Bílis

Bloody Mary.
Canções que sangram
e encharcam a tarde com suas *billies*.
Tarde que fecha seu torniquete
e faz saltar um olho ruim.
Olho que olha a rua
e o próprio corpo
como paisagens de um mundo estranho
e vê no banal
uma das faces do inferno.

Prisioneiro na pedra

Na pedra,
ele espreita:
peixe, pássaro, lua.
Seu olho-flecha
nunca fere a presa.
Pois que tudo se move:
rio, céu, satélite
e até mesmo a pedra.
Não se move o homem,
cego à teia
que à sua volta cresce.

Dias aflitos

Ao abrir a porta do armário,
os objetos empilhados
despencam sobre sua cabeça,
sem que nenhum gesto
possa detê-los.

Os pensamentos saltam dos trilhos
e ferem e vibram e caotizam,
sem que nenhum fio
possa soldá-los.

Diante desta antecipação de abismo,
mesmo um trapezista
estremece de calafrio.

Sopro

para Bruno, meu filho.

Quando o sono fecha seus olhos,
a sua beleza de anjo domina
os quatro cantos do quarto.
O arfar de sua respiração é aragem
que toca o deserto da minha face.

Bambuzeiro

Tocados pelo vento,
os bambus entoam
a mesma cantiga.
Não importa a estrada deserta,
nem se quem passa,
passa sem ouvidos
à sua música.

Fotografia durante o sono

Este sou eu.
Neste penhasco em forma de taça.
Não sei o que aqui faço. Desfaleço.
Alta onda cobre minha cabeça
e se quebra em meu dorso qual guasca.
Aqui estou com as mãos presas na escarpa,
à espera de que a fúria do mar se espace.
Quem me trouxe, anjo distraído ou demônio,
abandonou-me neste mundo
de geografia pontiaguda como faca.

Rua

um gato

morto.

preto sobre o preto

do asfalto.

pelo tinto de sangue

seco.

estorricado.

um escárnio

na tarde

clara.

Falta

desde a fonte, uma fenda
cinde seu corpo.
uma pétala a menos
na rosa do umbigo.
o buraco negro dos olhos
devora paisagens sem gosto.
a flor do desejo abre-se
e fecha-se num espasmo infindo.

Foco

na boca do estômago,
um abismo
afia suas farpas
de gelo.
pelo ferro do dia,
flores ulceradas.
olhos/punhais riscando
pétalas em vermelho.

Barganha

em memória de Gilberto Brandão Guilherme

Pilar Lorengar, aponta-me um caminho
onde as palavras não sejam necessárias.
Baste um som para que a comporta se abra
e derrame suas águas sobre a face gretada.
Ó deus desse mundo sem palavras,
dá-me sons que, como os da garganta de Pilar,
sejam capazes de abreviar a agonia
daquele que já não pode mais.
Ensina-me invocações, para que não me tente
o rio de múltiplas faces.
Não deixes que me suceda o castigo daquela
que escreveu até o dia de sua morte.
Antes, dá-me o sossego,
que, de bom grado, ofereço-te a minha mudez.

Incômodo

"meu lugar é não ter
lugar." não sou peça que em quebra-
-cabeça se encaixe.   não sei jogar
nenhum jogo. passo adiante, sempre
com um pé atrás.   "porque não mais espero
retornar."   cidades que não são minhas.
novidades que não pedi. nem *in*.   nem *out*.
nem *up-to-date*.   a costura interna é sempre
precária.   um manequim nu.   sob o olhar
da família.   que devora pizzas de domingo.

Contrato de trabalho

Faço o que
não gosto.

Do que gosto
desfaço-me.

Fique com
seu laço.

(Mas não sou
sua caça.

Nem beba a água
do meu poço.)

Eu — fico
com meu osso.

Indomável

O cavalo azul pasta vento
nas fazendas de ar.
Chega sem aviso
e cruza o teto do insone,
que busca em vão
a música feita pelos seus cascos.
Lambe o sal da sua mão,
mas deixa a marca de um coice na sua cara.

A redoma de cristal

Em caso de mudança,
não toquem na cristaleira.
Deixem-na assim suspensa
no vazio da sala.
Um gesto qualquer pode ferir seu doloroso equilíbrio.
Não toquem nem sequer no menor dos cristais,
que tudo se desmorona numa sinfonia de cacos.
Em caso de mudança,
não toquem na cristaleira.
Deixem adormecidos
sob a redoma de cristal
os fantasmas que sonham
seus sonhos de vidro.

Ideia fixa

cravada no peito,
uma estaca.

    sobe e desce.
    sobe e desce.

abre na carne
uma chaga:

    irmã gêmea
    de uma outra:

a que dói mais:
— a invisível.

Corpos

a casca é a sedução do fruto.

quando a pele abre suas pétalas,

salta um deus:

o efêmero.

a exatidão de suas carnes

e a álgebra dos seus músculos

imantam os mamilos da sala.

não pesam menos as rugas

daqueles a quem tal poder não se revela.

a queda das pálpebras

esconde olhos que lembram

e cobiçam.

Peso

Lixe a pedra.
Lime a pedra.
Rale a pedra.
Role a pedra.
Cada noite
lá estará ela:
pedra.
Dura,
áspera,
intacta,
pesando
no peito.

Copo de veneno

...surge tua infância
como um copo de veneno.
Carlos Drummond de Andrade

A viscosidade do medo
reveste os objetos da sala.
Livros, lençóis e cadeiras
espreitam para a hora do bote.
O medo sacode seu guizo
e afia mandíbulas na nossa janela.
O medo usa o homem como sua casca.
E a noite escura desce pela garganta
como um copo de veneno
que não pode ser recusado.

Tempo

Ata-me
em teu círculo.
Bate-me
com teu látego.
Cega-me
com teu báculo.
Mas não me deixes só
nesta caverna de sombras
que eu inventei.

Nina Simone

Voz de taturana
que deixa um rastro de fogo
por onde passa.
Voz de soda cáustica
roendo a carne
até cavar um fosso.
Voz púrpura
das cinco chagas
da paixão.
Voz de aço
temperado com bourbon.
Voz de avatar,
de deus Vishnu,
de San Juan de la Cruz
cantando blues.
Voz de negra veia,
voz de lobisomem
uivando para a lua cheia.

Sem asas

"Dá-me um corpo."
Um torso de Apolo,
uma barriga de pedra
que eu possa rasgar
com adaga de samurai.
Dá-me uma língua,
para que eu experimente
o sal da carne dos homens.
Põe sexo nos meus poros,
não nas minhas palavras.
Dá-me uma biografia
de fogo de artifício
que vare o céu da noite
e espalhe luzes
no seu auge, na sua queda.

Outros giros

A terra gira. A terra gira.
Tudo é outra coisa. Nada estanca.
Diante de suas construções calcinadas,
livre pelo fogo, um homem rompe suas veias.
Mais que em sono, deixa fluir a enxurrada vermelha.
A terra gira. A terra gira.
A mó de pedra tritura os grãos.
Tudo vai e volta. Nada termina,
descobre o solitário de Sils-Maria.
A terra gira. A terra gira.
Outro homem vai contar corpos
que boiam no espelho das águas.
Outro homem vai salgar páginas de livros.
Outro homem vai ser carne, ossos, cinzas.

Oráculo

Depois da chuva,
um urubu, anjo às avessas,
abre suas asas:
arauto de capa preta
na tarde pressaga.

No céu que azula,
em voo de morte,
o gavião traça um risco.
O seu grito anuncia
que ele já tem nas garras
a presa que estrebucha.

Na tarde roxa,
com sua adaga,
a rasga-mortalha corta o ar
e traz com ela o vento
e o frio que vêm dos brejos.

Cego aos avisos,
o menino abre um livro
e, sem sair do seu quarto,
sobrevoa com Nils Holgersson
o país de Selma Lagerlöf.

Subsolo

Cerre os olhos e lembre-se
da colônia de escorpiões,
com seu voltaico emaranhado de peçonhas,
sob a pilha de tijolos.

Cerre os olhos e lembre-se
das formigas que devoraram a carne
e deixaram o branco de ossos, cartilagens,
destroços de uma ave sob a luz da lua.

Cerre os olhos e lembre-se
dos caranguejos de veludo
que escalam madeiras podres,
flores da estufa do porão.

Cerre os olhos e deixe
que seu corpo sobre o lençol
seja levado por vinte e nove bichos,
em procissão, pelos buracos da noite.

Julho

julho.
galhos cinzas
exibem
nudez
sem folhas.
flores
rosas-roxas,
trêmulas
sob o vento frio,
acenam
para possíveis
pêssegos
de primavera.

International Klein Blue

Azul anzol.
Olho/peixe que não teme engolir a isca.

Azul ímã.
Fagulhas que grudam no solo imantado da tela.

Azul borracha.
Anula as outras cores e inaugura o reino do um.

Azul navalha.
Feche as pálpebras e deixe que ele tire fatias do escuro.

Azul vazio. Azul zero. Azul gênesis. Azul asa. Azulão.

Visão do rio

Só agora que, estrangeiro passo,
o rio revela-me uma face
nunca antes vislumbrada.
Velado pelos vultos da mata,
envolto em placenta de sombras,
vejo-o como um deus de mil anos.
Meu olhar toca seu ventre sagrado.
Quantas vísceras de boi ainda examinarei?
À procura da trilha que me leve até sua margem,
quantas linhas de mão lerei?
Rio, por quanto tempo mais?
Quantas vezes o meu coração irá crispar-se,
até que repouse no remanso de suas águas?
Quero o que pressinto agora,
antes de ser pedra que dorme em seu leito.

A cidadela

De sua baba,
de suas lágrimas,
de sua linfa
fez-se a cidadela de cristal.
Estalactites de Lalique,
pontes pênseis transparentes
e trapézios de quartzos
arquitetados sobre o véu da pleura.
A malha tecida por dentro
protege-o das pedras lá fora.
É abóbada que se equilibra
sobre os abismos das ruas.
Na hora do salto,
sua mão toca o vazio.
(Rompem-se os elos.)
Um lençol de cacos de vidro
é a rede para as carnes do acrobata.

Balada soul

De madrugada, as ondas do rádio
quebram-se nos ouvidos de quem não dorme.
Jogam-lhe rosas vinho nos lençóis
e os espinhos espetam-lhe as costas.
Despido do seu terno de amianto,
fica exposta a ferida na cintura.
A nostalgia da balada faz com que ele toque
a costela que já não é dele
e chore a queda e o paraíso perdido.

A dureza do instante

Um tapete de goiabas
estende-se sobre a grama.
Os jacintos em bloco
ergueram suas flores.
Poderia ser este o lugar.
Este o tempo do repouso.
Mas a roda dentada nunca para.
Mói o caramujo envolto em formigas.
Mói o cão içado do poço por um balde.
Mói os fios de cabelo de Anita
que protegem os pés de rosa.
Mói as rosas.
(Em direção ao rio,
lá vai a mulher com a pedra no bolso.
Lá está ele na cama
com os tubos no nariz.)
Há perfumes de jacintos
e goiabas vermelhas de outono.
Cada instante tem sua polpa
e no centro o áspero caroço.

Olhos

Numa manhã, Nijinsky, recém-nascido,
bailarino baio que exercita músculos
numa coreografia sem rédeas.

Noutra tarde, potro com freio na boca.
Na hora da doma, um prego vaza-lhe a íris.
O olho cego é sua marca de rebeldia.

Noutra manhã, quase um burro, sem nome,
sob o chicote de quem não o soube um deus.
A visão de sua desgraça turva como um coice
os olhos daquele que pela estrada passa.

Numa noite — dele já não resta nem a ossada —,
eis que ele ressurge galopando as sombras do quarto.
À flor da terra, onde seu casco toca,
brota uma mina, um olho d'água.

Sexta-feira

Veja. Aqui houve um saque.
Ouça no ar as risadas das guerreiras.
Saciadas, agora buscam refúgio
entre pias, azulejos e geladeiras.
Cuidado. Sob seus pés ficaram os despojos.
Melões exibem suas barrigadas.
Há sumo de folhas e sangue de melancias.
Tape o nariz na próxima quadra:
vísceras de peixes, espinhas e carcaças
jazem amontoadas no meio da rua.
As lonas já estão dobradas.
Não demora a vinda dos esguichos.
Ainda ontem era tão fresca a polpa do figo.
Ainda ontem as guelras moviam-se no ritmo das águas.
Pise nestas oferendas. É sua entrada em Jerusalém.
Olhe sem medo para este lixo. É sua cruz de sexta.
Pense no branco das toalhas de linho
e na mesa posta para o almoço de domingo.

Ciclo

No limo do barranco
vive a avenca.
Desmaia de verde,
feto sob seus olhos.
Nas coxas do seu filho,
surge a penugem de ouro.
Campo de trigo
que o sol vem irisar.
Na sua pele,
brotam rugas.
Sulcos abertos na testa
e na película dos sonhos.

Oceano cinza

Olhos de sal
queimam o caramujo.
Olhos de chuva ácida
pousam sobre copos-de-leite
que vicejam em torno do tanque.
Olhos de limão
para carnes de moluscos.
Mil olhos nos fitam.
Mil olhos nos furam.
Piscam no oceano cinza
com suas seduções de abismo.
Caos de corpos
que a correnteza arrasta,
sem que possamos tocá-los.
Faces tão amadas
afloram à tona,
envoltas por um véu de espuma.
Tudo que nos é dado a maré leva
e devolve como restolho.
Olhos de gaivota
que rejeitam o peixe
e miram o fígado
do homem na areia.

Pontos de vista

Lá vai o homem
enterrar seu morto.
Olhos fincados no chão,
gane de dor.
O rabo entre as pernas.
Na sarjeta, surge ela.
Cachorra. Pele e costelas.
Lambe um osso branco e largo
em que não resta sombra de carne.
O olhar de súplica
de quem tem medo, dela,
encontra o olhar, dele,
que inveja a sorte
e o osso da cadela.

Pontos de luz

A romã decepada
exibe seu artifício:
cristais de ametista,
gomos de vitral
sobre a mesa escura.

O cavalo branco
dança na ramagem:
feixe de luz na noite.
anjo que levita,
pincelado por Chagall.

A pedra de anil
atirada na água
cria fiapos de cor
até que ondas de azul
tinjam toda a vasilha.

No relâmpago, o raio revela
a forma secreta das coisas.
Gesto de adeus,
antes que a sombra desça
como casca e claustro.

Memória

O tempo muda de marcha.
Ora passa como lesma
e deixa sua gosma
entre os números do relógio.
Ora, como trem-bala,
vara as linhas da agenda
e dilacera as estações da memória.

Dia da caça

Arco e flecha no dorso.
Feito Oxóssi dentro da mata.
Silêncio entre as folhas,
nunca se diz o nome da caça.
Cerre os olhos,
pois Shiva passa:
raio e seta no seu galope.
Restam o susto
e o vento de sua fuga
que balança de leve a ramagem.

Parábola

Olhe aquela ovelha
desgarrada do rebanho.
Não lhe foi bastante
a solidão como castigo.
Puseram mais pedras e precipícios
no seu caminho.

Acidente

Creu que era vinho
a água salobra que bebia.
Creu que era caminho
o beco que ali existia.
Creu que na hora certa
uma senha o salvaria.
Abriu a porta.
Caiu no fosso.
Silêncio nas escadarias.

Acordar

Deixe que ele flutue em ondas de éter.
Deixe que ele vague em sombras amnióticas
projetadas por véus de seda da China.
Do alto, ele sobrevoa a sua morada:
tapera de músculos e ossos.
Um feto que arfa entre lençóis
no compasso do sopro da narina.
Lá está ele, o corpo,
agora caminhando às cegas pelo corredor da casa.
(Água que escorre. Rugas no espelho.)
Por que seguir este corpo na sua via-crúcis
se a noite é seu abrigo?
Por que interromper as conversas com fantasmas
sob a mutante arquitetura dos sonhos?

Acidente com alfanje

Uma a uma,
as touceiras amarelas do arrozal
caíram sob o corte do alfanje.
Ele, agora, repousa atrás da porta,
guardião que zela pela safra
transbordando das sacas.
O fio branco do seu corte,
que a lima tornou quase invisível,
com fome, decepa sombras.
— Anjo da guarda,
livrai-nos da tentação
de roçar a lâmina do alfanje
na veia do pescoço.
— Quem o impedirá, entretanto,
de tombar sobre a nuca de alguém
que por puro acaso na porta esbarre?

Provação

Bêbado pelo Bolero,
que ele gire,
mova cabeça e braços
durante horas,
zonzo, em ziguezague,
a boca espume,
os olhos esbugalhe,
sob o sol a pino.
Nem copo d'água,
nem lambida de cão,
nem olhar de desdém
deve receber como sinal.

Águas

The spirit of blackness is in us,
it is in the fishes.
Sylvia Plath

Janeiro atiça desejos
e os meninos buscam o rio.
(Da janela, vejo-os passando.)
Perto da ponte seu leito se espraia:
lago para corpos elétricos
que saltam dos barrancos
e espalham água nos seus mergulhos.
Visão banhada em luz
que o tempo desbotou.
Os peixes perderam-se no breu
e o rio virou um riacho.
Mas feito um cão imaginário
trago-o amarrado à memória.
Fala-me com sua mudez,
segue-me pelas ruas
e repousa suas correntes na minha porta.
Rio da lua com chorões em negro
bebendo suas águas turvas.
Águas onde banharam-se meus mortos
e esqueceram-se de mim
que lhes acenava da margem.
Nelas vejo olhos que giram
e hipnóticos convidam-me ao redemoinho.
Tapo a vista com os dedos
e cego e trêmulo atravesso o pontilhão.

Do silêncio da pedra
[1996]

Como as pedras do Princípio
Como o princípio da Pedra
Como no Princípio pedra contra pedra.

Octavio Paz

Silêncio

De pedra ser.
Da pedra ter
o *duro desejo de durar.*
Passem as legiões
com seus ossos expostos.
Chorem os velhos
com casacos de naftalina.
A nave branca chega ao porto
e tinge de vinho o azul do mar.
O maciço de rocha,
de costas para a cidade
sete vezes destruída,
celebra o silêncio.
A pedra cala
o que nela dói.

José

Ah, Anhangá me fez sonhar
com a terra que perdi.
Heitor Villa-Lobos e C. Paula Barros
em *O canto do pajé*

Grito espremido.
Seixo perfeito
com sono no leito do rio.
Dito não dito que roça
um céu de ametista.
Onde o fundo
deste poço de granito?
Onde o infinito,
a luz do sol do Egito?
Tampa de pedra
sobre carnes de René.
Olhe, ainda que cego,
o reino que já foi seu.

Anil

Pedra tocada por Yves Klein,
em que borda do poço
se perdeu?
Em que veio de mina
ficou incrustada?
Por que a pálpebra se fechou
quando deveria estar aberta?
Por que não foi feita
a pergunta certa?
Onde o mantra
que faz surgir Tara,
caminhando hierática
sobre a muralha?
Em que noite adormeci verde
e acordei Saara?

Itinerário

Revolva com sua língua
os lençóis de areia:
ergue-se a cidade submersa.

Deixe que a palavra morda
a outra palavra e salte,
exibindo guelras e escamas.

Trajetória

na queda
fundou um reino
criou um
pai
fez um leito
de pedra
para o corpo
de cristal

Ex-voto

mercê de um celerado que consigo se desavinha e no meio do caminho de sua vida achou-se em beco desprovido de fé e o corpo afligido por dores padecendo de conturbação dos miolos pensar desembestado visões de dilaceramento euforias desconformes desacorçoo venetas arrepio de frio aguadilha na boca e estômago embrulhado e procurando o não sabe o quê veio dar em paragens del-Rei e aqui se apegou no intento embora baldado de que seu coração encontre a pacificação

Hospital

Fetos cor de azeitona
boiam em vidros de formol.
Corpos de Atacama.
Almas de Mojave.

Almanaque da pedra

Roupa branca no quarador:
enxágue-a com pedra anil.

Afta no canto da boca:
mate-a com pedra-ume.

Água de bica na talha:
jogue-lhe pedra de enxofre.

Faca com corte cego:
amole-a com pedra branca.

Dedo de prosa com craca:
raspe-o com pedra-pomes.

Itatiaia

1

Pedras de sombra
caídas do céu.
Rebanho em negro
montanha abaixo.
Notas tocadas
por um fio de água.
Silêncio dos deuses
que no miolo da pedra
fizeram sua morada.

2

Passe pela fenda da rocha.
Entre o mistério das folhas,
ela se ergue. Abrupta.

A pedra.

A negra com véus de gaze.
O flanco ferido pelas águas.
Lua, maçã, nudez de irmã.
Nada perturba seu sono.
Quando tudo já houver sido,
lá estará ela: vestal da floresta
com o segredo que não revela.

3

Na Pedra do Adeus,
a paisagem nos abisma.
Visão de vísceras.
Ossadas petrificadas.
Plumagem das águas.

Na Pedra do Adeus,
salta-se para a morte.
Quando cerro os olhos
— vertigem —
e miro o escuro de mim
os grotões são bem mais fundos.

Rumor das águas

Estou pensando nos tempos de antes de eu nascer.
Mário de Andrade

Se o Rumor é também um deus,
nas águas dessas grotas é que ele mora.

Nasce, reverbera e estertora.
Rompe estreitos de rocha. Lambe seixos.
Espumas saltam-lhe dos cantos da boca.

Da fricção das águas, surge uma ópera.
Glossolalia divina. Protomúsica.
Que soava desde o princípio
antes da entrada do homem na paisagem.

Recomendações

Ao cavaleiro desencarnado,
com sua égua de gás hélio,
recomendo ouro, prata e chumbo.
No meio do seu caminho,
mero pedregulho transmuta-se
em rocha, penedo, penhasco.
Mínima ponta de agulha fura
sua armadura hiperbovárica.
Nem figos envenenados
sustentam-lhe a fome.
Tudo o que toca
some. Evapora-se.
Ponha os pés no chão
para que o minério de ferro
neles grude e forme um casco.
Ninguém vai ouvir falar do seu nome.
Escute o resumo de sua vida:
um espasmo, um sopro que não soa
além da grade de sua casa.

Fronteira

Luz que roça a sombra
tremeluz
brunolívida
humor de liquens
fonte de vento
arfar de asas
gaze
alvéolos
velas
espumas de girinos
balé de camélias
gesto que busca a dança
sussurro
silêncio

Retrato

o gato elétrico
eriça limalhas
acende faróis
esbugalha espigas

empareda-se
em câmaras de vidro
a cabeça não lhe cabe no corpo
onde afiar suas unhas de *laser*?

luz nas costelas
volts na parábola da espinha

a abulia
o colapso do faro
relâmpago nos neurônios

Oráculo

dance a dança do grou diante dos labirintos
          o fio tecido de lágrimas e gestos
o sacrifício diante do poço

nenhum barco a visitará em naxos
          nem açucenas brotarão das rochas

dance o equilíbrio do instante
          que o olhar de um deus
transforma carne em cinzas
          e seu corpo — estranho fruto —
irá pender da figueira
          um dia

Deus do deserto

um deus de pedra
                    de cerne
inoxidável
                    um deus de ferro
pontiagudo
um deus que brota da fronte
                    de puro cristal
deus de concreto
                    asséptico
deus que não pune
deus que não salva

Queda

No outono, a carne soçobra.
As maçãs do rosto cedem
e a testa expõe seus vincos.
Os lagartos procuram as rochas
e pedem sol para suas couraças.
Vista da janela,
a cidade das cinzas
provoca cansaço e náusea.
O mar de pedra soterra
a árvore dos brônquios.

Fósseis

Salmões exaustos na busca da fonte,
                                                  suaves melusinas gemem nas escarpas,
peixes albinos bailam nas cavernas,
                                                  cavalos-marinhos imersos em sal e anil
ouçam o que o tambor das nuvens anuncia:
                                                  uma maré de lavas engolirá as águas
e todos vocês serão souvenires para turistas.

Motetos de São José del-Rei

1
Quem vem lá de outras paragens?
Vem de longe? De Dores do Indaiá?
Chegou agora de Mar de Espanha?

Traz no peito riscos feitos à faca
e nas margens do Rio das Mortes
procura descanso para o coração.

A Serra de S. José não quer vê-lo aqui.
O vampiro de Minas já calou sua sanha.

Volte com o carregamento de sal amargo.
Que toda terra é para você terra estranha.

2
Anteparo de pedra,
abra suas asas de rochas
sobre esse estrangeiro.
Proteja-o do caos
que traz dentro dos olhos.
Que suas retinas fatigadas
encontrem aqui o tempo
imerso em outra medida.

3
Quando o sol a pino bate
nas pedras da Rua Direita,

todos buscam a sombra.
Ele, cão sem rumo, ofega.
A língua pende-lhe da boca.

4

Séculos de vento
lapidando minhas arestas.
Séculos de chuva
roendo minhas encostas.
Vi nascer e morrer a cidade.
Vi o rio levar os mortos.
Por que haveria de mover-me
diante de mais um
que, com seus olhos de peixe,
repouso em minhas terras implora?

Menos

para Paulo Octaviano Terra

Você não vê o homem, o pássaro, a mulher no gesto de Miró?
Sinta o que ele traça: a tela pulsa, a boca murmura, o sexo arde.

Você não vê graça no zen falado de João Arcanjo?
Ouça o que ele anuncia: do sopro exato surge a geometria.

No mundo das pedras lisas não cabe a dor.

Sim, one

O que sinto, a língua não fala.
Há uma dor que não tem nome.
Musgo de abismo que o sopro
da sua voz alcança e macera.
Don't let me be misunderstood.
I don't want to be alone.

Diante de uma fotografia

para Celso Alves Cruz

O Tietê não é o Neva.
E nada no Curtume
lembra a sua Peter.
Galpões de fábricas
estendem-se sem rigor,
sem história e forma.
Sucessão de chaminés,
caos de telhas de zinco.

Este é o lugar da cadela esquálida,
dos trens que gemem no subúrbio,
dos peões vestidos de azul e graxa,
dormindo ao meio-dia na calçada.
Na fila do almoço, o rebanho todo
estende suas bandejas de plástico.
Há fuligem nas janelas, nos olhos,
na sola dos sapatos. Nos cérebros.

Anna, as sereias do Báltico
não cantam aqui suas cantigas.
No mar das impossibilidades,
deixaram-me uma fotografia.
Vejo você — estrangeiríssima.
A curta franja dos cabelos.
O nariz forte. O desenho da boca.
A mão pousada no pescoço
que Modigliani um dia desenhou.

E no olhar felino, cinza-claro,
pressinto paixão e dor contida.

Anna Akhmátova,
poeta de nome inventado,
lança sobre mim o claro raio
dos teus olhos líquidos,
para que minha alma não vire pedra.
Não quero morrer de sede,
sem ouvir a voz da língua.

Os olhos de Anna Lívia

... due occhi ladri nel loro movimento.
Bocaccio

Olhos de jabuticaba
reluzente
em meio à ramagem.

Olhos quais lambaris
ligeiros
no cristal do regato.

Olhos de avenca
tenra
na vertigem do barranco.

Olhos de piche.
Visgo com que Shiva,
em azeviche, fisga-me
e mostra-me luz no breu.

Insone

Momento de mutação do corpo.
O homem-caramujo deixa o caracol.
Feito lesma desenha um fio de baba na parede.
Carne de molusco exposta às sombras das horas.

Invenção do branco

O tanque é o avesso da casa.
A rebarba.
A ferrugem tomando conta da boca.
O tanque é a parenta decaída,
que machuca os olhos das visitas
com suas carnes rachadas.
O tanque é onde se lava o coador
e o pó de café de seguidas manhãs
desenha uma poça de água preta.
Uma arraia-miúda,
ervas e craca e limo,
flora sem-vergonha,
infiltra-se em suas paredes.
À beira do poço,
alguém imaginou copos-de-leite.
Bebendo a umidade,
em verde e branco brotaram.
Reinventados pela distância,
erguem-se vívidos,
mais brancos que o branco,
artifício de vidro.
Recém-nascidos.
Só porque eles existem,
o tanque e seu corpo saloio
foram salvos do esquecimento.

Brecha

na greta
no risco milimétrico do vinil
no interstício
entre os cílios
na ranhura do segundo
no fio estreito
entre
o desisto o resisto
existo

À margem

o rio morto
            o rio fétido
o rio podre
o rio lodo
o rio negro
            espelho que reflete
prédios e carros
trilhos e latas
            o rio e a memória das águas

à margem
heráldica
estática
uma garça
            ergue
para o céu
a hipérbole
do seu alvo
            pescoço

Arte poética

A língua da vaca
lambe com gosto
o sal do cocho
e se não há mais sal,
a memória do sal
a madeira, o cocho,
até que tudo fique
polido por sua lixa.

A língua da vaca
recolhe com agrado
o restolho mijado
de rato do fundo do paiol
e mói, remói e tritura
o milho e a palha dura,
até que flores de espuma
brotem no canto da boca,
com suave perfume de leite.

A língua da vaca
lambe a cria trêmula,
num banho batismal,
e engole o mosto,
a gosma amniótica,
e a lamberá ainda,
quando quase novilha
exibir a filha
pústulas no lombo.

Os sentidos da pedra

Quem diz sim à pedra
e com gestos exatos
aninha suas arestas
no intervalo das costelas?

Quem ainda sente nela
o odor da pele humana
e vê o sangue pisado
das escaras nos ombros?

Quem não percebe na pedra,
fragmento de cordão umbilical,
o despojo deixado pelos deuses
na luta que inaugura a geografia?

Quem diante dessa força bruta,
batida por séculos de vento,
não ouve aquele primeiro sopro
vindo de onde ninguém tocou?

Anel caucasiano

Olha para o anel de ferro
e mantém acesa a lembrança.
Lembra-te dos dez mil anos
no miolo escuro do rochedo.
Lembra-te, depois, da visitante
e do barulho de suas asas.
Lembra-te da humilhação
de revelar o que era segredo.
Lembra-te de tudo
antes que todos se esqueçam dessa história
e, mero acidente geográfico,
reste apenas a montanha de pedra.

Celebrar é preciso! Quem foi destinado a celebrar
Nasceu, como o minério, do silêncio da pedra...

Rilke

A carne e o tempo
[1997]

Cada um sofre em sua própria carne
esta unidade de desastre que é o fenômeno homem.

Emil Cioran

Tenha um corpo
você mesmo
uma vez
como eu
e veja o que acontece
Ó Senhor.

Dasimaia (poeta santo de Shiva)
tradução de Décio Pignatari

E o poema faz-se contra a carne e o tempo.

Herberto Helder

Da natureza

o berne
 plantado
no lombo do boi
 estremunha
ao ser cutucado
 com óleo queimado

o verme
 solapa
a polpa da goiaba
 estremece
na fruta sem forma
 caída no chão

o germe
  gira
feito parafuso
  que fura a casca
em verde tremula
  folha ao vento

o verbo
  entranha-se
na carne
  ganha corpo
faz dos músculos
  seus vocábulos

O animal indireto

O corpo vai procurar aquilo
que de amor feriu o espírito.
Lucrécio

Com os lábios secos,
adormece com sede,
varia com copos d'água,
fontes e bicas de bambu.
Com as mãos em concha,
bebe a mina, o regato, a chuva.
Acorda com difusos desejos
por todos os poros.
A carne anseia por corpos alheios,
simulacros de sonho e neblina
que se desvanecem ao correr do dia.
A carne come sua própria fome.
Quer interpenetrar nos membros,
habitar veias de outras gentes.
Enreda-se em suas teias.
Quando, por um momento,
se esquece e estrebucha,
logo em seguida, arde de novo
a ferida que não tem nome,
com dor de nervo aberto.
Quer sentir mais uma vez
o gosto do aniquilamento.

Simulacros

para Christina Menezes de Azevedo

Senhoras e senhores, o circo já ergueu sua lona.
Vêm o prefeito, a beldade, as mulheres da zona.

Todos se divertem com o espetáculo do ilusório.
Está aberto o reino do precário e do provisório.

Rufam todos os tambores, abrem-se as cortinas.
Nossa trupe mambembe exibe suas dores e sinas.

A orquestra toca Bolero: o ritmo vai crescendo.
O fraque do maestro tem no braço um remendo.

Eis Crystal Kimberley, a rainha do striptease.
Saiu do sertão do Sergipe, de nome Wandernise.

A mulher-rã, contorcionista vinda do circo russo,
Depila pernas e sovacos, mas se esquece do buço.

Com vocês, uma feroz leoa da savana africana.
Barriga vazia, não come gato há uma semana.

A pássara Tatiana, trapezista bela e impávida,
Esconde do amante domador que está grávida.

Anaïs, índia guarani, que é exímia equilibrista.
Carece de vitaminas e de ir urgente ao dentista.

Alegria da criançada, o nosso palhaço Arrebita.
No trailer sujo, teve macarrão e ovo na marmita.

De noiva, vai-se casar uma anã, loira oxigenada.
Que graça! Puxam-lhe o vestido e ela corre pelada.

Aplausos para o salto mortal de sonho e pobreza.
Onde uns veem o belo, outros enxergam a tristeza.

Segunda meditação da carne

Véu de penugem,
que se ergue
ao balançar dos lençóis.
Corpo nu, iluminado
pela réstia de luz
que vara o quarto.
Desenho de ancas,
fluidez das pernas,
cálido hálito de boca
entreaberta.
Inda que imperfeita,
quem sabe por isso mesmo,
sua figura de mulher
resplandece como pera madura.
De onde flui este desejo
que dói como fratura exposta?
A alma quer mais do corpo.
Quer que ele se gaste.
Quer que definhe,
sem nada que lhe baste.
Quer que se desespere
por nunca estar saciado.
Quer que ele procure em vão,
sem encontrar a resposta.

Parque de ídolos

Os deuses e os demônios do desejo
fazem do corpo seu campo de prova.
Gargalham quando, como George Dyer,
inventariamos desgraças no espelho.

Atiçam vontades fora de propósito
para que se exponham dilacerações.
Criam do vazio mulheres de celuloide
que nos tentam como a Santo Antão.

Apontam visões que andam nas ruas
a nos humilhar com suas armaduras.
Perdida a breve aura da juventude,
o desejo da carne chega à exasperação.

Parque de ídolos 2

fale-me daquele um daquele um em fundo negro
daqueles em fundo negro recortados das figuras
como células das figuras em alta-tensão fale-me
daquele sol daquele sol vermelho daquele sol sem
luz dos buracos em azul dos buracos cor de cinza
fale-me desses íncubos desses anjos tortos desses
seres que se desdobram desses demônios presos
nos limites fale-me de suas epidermes em necrose
dessas matrizes de sonhos da evocação do terror
que eles cantam? riem de quê? para quem o réquiem?

Sopro

o vento
balança
a amoreira
joga
amoras
que sangram
no chão

o vento
arrepia
a água
enruga
o açude
que remonta
sua mandala

o vento
espicaça
os pavões
entorta
as caudas
que encerram
sua majestade

o vento
benze
a nuca
lambe
o corpo
que aspira
seu frescor

Cabíria mineira

para Adélia Prado

Uma cabíria mineira.
Tiguera.
Biscate de rodoviária
de São João del-Rei.
Para ficar parecida
com Monique Evans,
cortou rentes os cabelos.
Tingiu-os de amarelo.
Como no domingo
a clientela é rala,
ela engana as horas
com um copo de cerveja
no balcão de fórmica
coberto por moscas.
O bêbado lança na calçada
o escarro azedo.
O cachorro mordisca
pulgas da costela.
A amiga irrompe
numa briga de rua.
Sai esbirrada
entre dois soldados.
Ônibus chegam e saem.
Passageiro na vida,
perguntei-me:
— Quem se importa
com a dor exibida

pela rastaquera
de São João del-Rei?
Passado tanto tempo,
sua visagem ainda me visita.
Que será feito dela?
Em que bar de beira de estrada,
em que risca-faca de subúrbio,
em que cela, tratada igual cadela,
encena sua via-crúcis do corpo
a putinha de São João del-Rei?

Figan Ta Pedia

Somos homens de frágil arquitetura,
tessitura de finos fios de vidro,
renda tramada por aranhas
que o trêmulo de uma voz
põe a perder em um segundo.
Que saudade de paisagens,
onde pés humanos não pisaram.
A caminho de que Ítaca
branca e rochosa nos perdemos?
O mar recusou nossas oferendas.
O barco nos deixou nessa praia.
Essa música de que dói na carne,
de que tempo esquecido nos vem?
Em que escarpa, cama de hospital
ou prisão invisível estão os amigos?

Evocação a Príapo

Evoé, deus Príapo.
Assuste as ninfas nas matas
e faça com que procurem abrigo
sob nossas coxas.
Dê a nós, homens-traça,
comedores de páginas de livros,
corpo de perfeita arquitetura,
com todas as belezas possíveis.
Parca a matéria-prima,
iluda os olhos com miragens,
para que sejamos irresistíveis.
Dê-nos gozos demorados
para que sejam esquecidas
rugas, manchas de pele,
bulas, farmácias e asilos
que nos oferta a velhice.
Livre-nos do mijo nas calças,
das quimioterapias e escleroses.
Quando chegar o enfado,
dê-nos o prêmio da morte limpa e súbita.
Insufle o sangue em nossas veias,
de forma tal que o músculo, sempre teso,
esteja a contento de nossas mulheres,
para que, exaustas e satisfeitas,
elas ignorem os moços que passam.
Agora, que a juventude arisca se afasta,
mantenha-nos assim: sedentos e tarados.

Golem

Ficar só não é bom.

Para espantar o tédio,

convém criar um homem

que encene em sua carne

o espetáculo da queda.

Figos

cesta de figos maduros
exatos na sua configuração

atente-se para os veios roxos
a camada de pó sobre a pele

tire a áspera membrana:
surge a derme branca
a polpa violácea
florescência íntima
secreta granulação

a maturidade é experimento breve

ontem a base ainda vertia leite
amanhã a carne estará macerada

devore-a agora
na última estação

um dia
ela poderá amanhecer seca
nua
morta

Retícula

Do corpo que teve,
se um dia o teve,
não há mais sinal.
A cada fotograma,
a memória o distorce.
Retorce lembranças.
Superpõe figuras.
Entorta os membros,
Acentua vincos.
Amplia manchas.

Músculos em magenta.
Ossos em amarelo.
Superposição de formas
em filme fora de registro.

Do primeiro corpo,
não percebeu o sopro
da carne ainda fresca.

Quando se deu conta,
o momento passara.

Restaram: esse esgar,
essas raias de sangue,
esse olhar que se assusta
todas as manhãs
com o borrão no espelho.

Roedor

Parado no trânsito da Marginal,

vi você roendo as unhas com fúria.

Estava encostado no poste da esquina,

ombros arqueados numa posição frouxa.

Você cuspia os tocos das unhas.

Arrancava lascas de carne dos dedos

e, depois, sugava o sangue dos cantos.

Ah, que triste figura você fazia, amigo!

Você era pouco mais que um rato.

Vida de cachorro

Precisa tática:

fingir-se de morto

no canto da venda.

Pura matemática

de, em exato clique,

arrematar a prenda

da mosca errática.

Si

a seu esmo
ensimesmado

ele mesmo
em si dobrado

tatu-bola
entrevado

fio de arame
enfarpelado

filipinconho
gemelado

em si contido
automesmerizado

Halo

náusea de corpo transmutado em clone.
multiplicação de músculos. xerox de desejos.
sexo sem alma. sexo sem corpo. sexo sem sexo.
metástase de genitais. sexo em celuloide.
em sépia de anúncios. exasperação dos sentidos.
masturbação metafórica. estilhaçamento de membros.
travestis factories. ejaculação virtual.
proliferação aspermática.
pedaços de carne videoclipizados.
alucinação do barroco.
quimeras que flutuam no ciberespaço.
medusas que fodem os homens com seu olhar.

Desejo em movimento

Quem doma o olho sem dono?
Olho seco de sede. Bebe tudo.
O novo, o lixo, o podre.

Olho cego para teses sociológicas.
Seduzido por músculos, pernas e coxas
de outdoors e anúncios de perfumes.

Olho tonto pela velocidade de clipe,
imagens sem sintaxe, desejo abstrato,
promessa de gozo, masturbação visual.

Olho arlequino de Meissen,
embebido por cores vagabundas,
saltando nas calçadas.

Olho gordo de clichês,
grávido de fotogramas,
intoxicado de documentários.

Olho-clown de ruas,
fisgando clones: as aparições ocas,
as radiações dos corpos.

Ele engole a mulher na enxurrada,
a cachorra com suas tetas,
o balcão de fórmica cor-de-abóbora,
cervejas nas mesas de bilhar.

Olho que revisa a crônica
das faces superpostas no rosto da criança.
Registra sem dó o princípio da devastação.

Sétimo inferno

domingo para boi dormir
ruminando tédio
capim amargo
esgrouvinhado
rodilha de serpentes
na antecâmara do estômago
cérebro das vísceras
ouriçando alfinetes

impertinência das unhas

gosto de vinho azedo
na boca
depois do sono pesado
azinhavre
pontiaguda dor de cabeça
compulsão de bocejos
jornais e revistas espalhados
nos lençóis

quem deslê tanta notícia?
tuque-tuque de zapping
tela de chuviscos

seminarcose de filmes B
auge da náusea
na roupa arrumada
— o inferno é uma repetição —
antecipando a descida
no círculo da segunda

Volta pra casa

seis da tarde. ulisses junta seus badulaques.
suas retinas colecionam despojos. sorvem dejetos.
engole prédios. ferocidade dos pombais. cadela com
costelas salientes, que derruba lixo das padarias.
piquenique de mendigo entre sacos pretos de lixo.
música de rádio. cervejas sobre balcões de fórmica.
pano verde de mesa de bilhar, cusparadas de cachaça.
chuvinha fina. ovo podre do rio.
músculos em outdoors de academias.
ardem-lhe os pés. fogueira no estômago.
reconta as humilhações do dia. olha com os olhos
e lambe com a testa as luzes dos shoppings.
arquitetura de desejos nunca realizados.
(ele falou que antes de derrubarem o barraco,
vai levar todas as telhas brasilit).
mixing de suor e desodorante barato.
lona de dióxido de carbono cobrindo a cidade.
ulisses cochila. entre sacolejos.
muito além das retinas intoxicadas,
sonha com a ítaca sempre verde
de que lhe falou o cego.
estará ela esperando por ele na linha final?

Depois da queda

Memória do paraíso

não tenho não.

Lembro-me da dor.

Da vergonha.

Do desgosto.

Da gota de suor

pingando do rosto.

Retrato de artista

para Carlos Saraiva

Que Deus lhe dê uma raiz bem funda,
para que não o balance o vento das cidades.
Que, para onde quer que vá,
corra ao seu lado o rio de sua aldeia.
Que vagueie exilado,
de cidade em cidade,
de emprego em emprego,
experimentando o gosto do provisório.
Que sua mulher despreze sua obra,
o pai morra sem sua visita
e a filha fique esquizofrênica.
Que lhe caiam os dentes
e lhe cheguem as dores, colites, úlceras.
Que o ceguem em doze prestações.
Que você sugue dos amigos a alma,
a cultura, as histórias, o bolso
e lhes dê em troca
desprezo e indiferença.
Que colecione despejos,
os proprietários lhe virem o rosto
e os credores batam à sua porta.
Que você se tenha em alta conta,
embora seus sapatos estejam furados
e o presenteiem com roupas usadas.
Que você seja sustentado
pela filantropia de milionárias.
Que gaste em vinho o salário do irmão

e caia na calçada, sangre e precise de ajuda.
Que o atormentem a ânsia, remorsos, trovões.
Que você tenha olhos só para si.
Que mendigue a atenção dos jornais,
busque em vão por críticas e resenhas,
espere horas em saletas de editoras
e cobre elogios de quem chega.
Que de sua pele tão fina,
nasça uma carapaça anti-humana,
ovo com casca de aço,
onde baila em clara
a tenra e frágil gema.

O arcano Artaud

para Silviano Santiago

Esse quase olhar de Jesus
das folhinhas do Sagrado Coração.
Pupilas que anteveem oceanos cinza
e terras novas nunca encontradas.
Olhar de cão sem dono, faminto,
farejando o labirinto das esquinas.
A dança das pálpebras
revela luz e cerra sombras.

Que confluência má de astros
gerou esta névoa de melancolia?
— Ah!, moço bonito, de olhar febril,
encosto de Exu vai destruir seus dias.
O cerne de sua mágoa não cederá
nem a todo láudano da Cidade do México.
— Quais são seus projetos? — indagam.
Mal sabem que eles miram a segunda via,
a que vai dar para além do Arcano XXI.
No sem número.
No Louco.

Porosidade

para Floriano Martins

Le monde, de nos jours,
est hostile aux Transparents.
René Char

Homem transparente:
trigal de luz
escamas de cristais

Homem transparente:
sal de afetos
vala de dores

Homem transparente:
pétala de caos
cabelos de vento

Homem transparente:
olhos de sargaços
hálito de lodo

Homem transparente:
memória de ossos
retícula de sonhos

Homem transparente:
ceva de crepúsculos
morada de sombras

Carta a Miss E.B.

De manhã, os pavões nos despertam com seus gritos
que parecem lamentos ou distorcidos miados de gato.
O sol, por entre as folhagens do terraço, invade o quarto.
Há uma mistura de cheiros tomando conta do chalé:
protetor solar, creme hidratante, perfume,
suor dos corpos, água salgada e gel de aloé.
O enorme búzio comprado do garoto da ilha
fede no banheiro e solta gosmas amarelas,
minúsculas moscas saem de dentro de seu labirinto.
Há roupas de banho penduradas por todo lado
e livros maltratados pelas idas e vindas na sacola de praia.
À mesa do café, todos ficam muito exigentes:
— Não há mais suco de pitanga na jarra de vidro —,
reclamamos como se isso fosse um costume antigo.
Adoramos caju. Nenhum de nós tem alergia.
Não concordamos de maneira alguma com você
quanto a dizer que o fruto tem aparência sinistra.
Não lhe faz lembrar Gauguin a gradação de cor
que vai do amarelo até os tons do vermelho?
E depois, chamar a castanha de obscena?
Concordamos com que é um comentário tipicamente *Wasp*.
Bem perto do rio, há uma plantação de coqueiros-anões.
A trama das palmas forma um teto todo verde.
Temos deitado na rede (continuamos indolentes)
e lido numa vertigem suas cartas.
Leio algumas em voz alta para A.T.
Ler as cartas de alguém é como uma violação,
pois penetramos no lado oculto das pessoas,
conhecemos suas manias, doenças, vaidades.

Logo, nos tornamos íntimos dela e de seus amigos.
É como se, em poucos dias, tecêssemos um laço forte
e, depois de setecentas páginas,
este se rompesse e deixasse um vazio.
A melhor hora para ler é à tardinha.
A maré sobe e enche o rio de água esverdeada.
Por entre os troncos dos coqueiros, vem a brisa,
que vira as páginas do seu livro.
Mais tarde, quando a maré baixa, expondo o mangue,
um séquito de galinhas-d'angola chega ligeiro
e (você vai detestar saber disso)
devora os pequenos caranguejos que apontam na lama.
Acho que você não gosta muito de praia
e prefere as costas bravas do Maine.
Mas a areia é tanta, que encontramos seus grãos
até mesmo na hora de escovar os dentes.
Esta é uma reserva de peixe-boi marinho,
mas apenas vemos a escultura de pedra no lago.
Os sapos são muito grandes e com aquela orquestração
que você conhece tão bem: ferreiam, martelam e *cellam*.
Os pavões nos acompanham até no buffet.
Depois das seis horas da tarde, encarapitam-se
nas colunas de pedra da varanda.
Quando venta forte, a cauda segue o mesmo ritmo.
Incomodados, eles, com toda majestade, mudam de posição.
Em contrapartida, há um gato muito reles e magro,
daqueles rajadinhos-sem-vergonha de branco e amarelo.
Vive sempre perto do restaurante e não é bem-vindo.
Nós lhe damos uma grossa fatia de presunto,
mas foge assustado escada acima, com olhos
[esbugalhados,
quando os empregados se aproximam.

Cruzamos sempre com suíços gordos e sanguíneos,
velhas absurdas, com brancos vestidos rodados
e as mais impossíveis sandálias douradas.
Uma, de cabelos vermelhos, presos com pentes,
usa longos vestidos pretos mesmo durante o dia.
Nada bem cedo e sem molhar os cabelos.
Tem nariz adunco, queixo proeminente e é muito magra.
Parece uma bruxa saída de um livro de Andersen.
Ficamos o tempo todo inventando-lhe profissões:
atriz dramática, cantora, escritora de romances góticos.
Sei que temporada de férias é apenas um escape.
Esquecemo-nos da asma, dos antidepressivos
e até das consultas do Dr. P. ou da Dra. J.K,
que querem curar-nos dos males, inclusive o da poesia.
Cometemos quase todos os pecados capitais,
menos a ira e a avareza. A moeda: uma conta colorida.
Invejamos corpos. Desejamos outros. Rimos de alguns.
E os casais com seu bebê cor-de-rosa
ficam unanimemente insuportáveis com sua filmadora.
Numa mesa, a jovem evangélica comenta:
— O casamento é mesmo um sonho.
Mas o melhor de tudo é que a paisagem
(mar, vegetação, rios, cachos de buganvílias
e de espirradeiras, mimos, damas-da-noite)
ainda não foi devorada por nossa mágoa e dor.
Nosso olho só vê a beleza. Sem saudades.
A sensação do provisório, a suspensão do tempo,
tudo isso deixa as coisas intocadas.
Sobram-nos horas para escrevermos
às nossas novas velhas amigas.

Nós e Filoctetes

em memória de Anita

Sangro à margem do negro riacho,
De meu ramo partido.
James Joyce

1
A tarde, banhada em luz,
agora, esmaece em sombras.
Galinhas ensaiam seus saltos
para alcançarem os galhos do limoeiro.
Trabalhadores da estrada de ferro
passam tocando a música de seus troles.
Em bando, paturis vindos das várzeas
grasnam sobre nossa cabeça.
Antes, já cortáramos rentes
verdes touceiras de guanxuma.
O sumo escorreu pela faca,
manchou os dedos
e grudou nas narinas.
As vassouras espalham agora
o cheiro de folhas maceradas.
Salpicamos de água o terreiro
que, depois da varredura, fica sem um cisco.
Estamos pacificados pela labuta do dia.

Há um elo. Fala de olhos.
Veio de ternura, como minério,
que mimetiza a tarde.

Estamos sós. Minha avó e eu.
Temos os dons. Entendemos tudo.

2

Vindo do morro, o barulho dos cincerros das mulas
quebra a harmonia. Anuncia a chegada do avô.
Relho no ar, conduz nervoso a carroça.
— Vou pôr a chaleira na trempe.
Ande e traga bambu para atiçar o fogo.

O avô tem suas exigências.
A água tem de estar no ponto.
Nem morna. Nem esperta demais.
Pode ser que, nessa hora, resolva
lavar com água boricada o olho de vidro.

— Traga também a bacia, o sabão e a toalha.
(Terá tido cãibras?)
O pasto estava coberto pela geada
quando foi buscar as mulas de manhã.
O virado de feijão o terá entaipado?
Será que pegou carreto para o dia inteiro
ou passou a tarde com a carroça vazia?

— Corra e vá macetar carvão.
As mulas estão com duas rodelas de feridas.
Deixe a porteira aberta. Ele é muito sistemático.
Se a encontrar fechada, irrompe na maior gritaria.

Depois do ritual cumprido,
guardamos tapas, barrigueiras e peitorais.

Por fim, um último agrado:
varrer a fina poeira dos tijolos
que se acumulou na carroça.

3

Naqueles dias tão transparentes,
ela pressentia a noite que depois viria?

Aquela película de mágoa acompanhou-a,
dormente por dormente, desde o Rio?

Nas conversas com o vento,
sabia que um dia abriria em mim
a mesma ferida que consigo trazia?

Nas súbitas aparições de santos,
antevia os mesmos signos da melancolia,
impressos nas correntes dos genes,
a memória da dor gravada nos neurônios?

Seriam também meus os vincos de sua carne triste?

Se acaso soubesse disso, me avisaria
que nem pó de carvão, nem água boricada,
nem mesmo a visita do filho de Aquiles
fechariam a ferida que nós dois possuíamos?

Ramerrame

para Nina Horta

Encostado na soleira da porta,
a mão espalmada na cara,
vaga o único olho do avô,
em desconsolo de quem nada tem,
por serras, pastos, várzeas,
e percorre a estrada de ferro.

Na beira da taipa,
a avó segura o avental entre as pernas
e coloca no fogão
bambus ainda úmidos.
Sopra a cinza e seus olhos
lacrimejam com a fumaça.

— Carece buscar um balde d'água na bica.
— Um instantinho, que o de comer está pronto.
— Céu vermelho é sinal de geada.

Seis horas da tarde.
Tranca-se o dia a sete chaves.
O coração aperta: uma agonia.
Sente-se uma fisgada de dor.
Na roça, ninguém a anuncia.

Crinas

Amei um cavalo — quem era? — ele me olhou
bem de frente, sob suas crinas.
Saint-John Perse

Amou um potro baio,
bicho em cujo frêmito
de aguda animalidade
o vigor do sangue corria.

Amou um cavalo cego,
que teve o olho vazado
pela ponta de um prego
na triste hora da doma.

Amou um cavalo morto,
que, em sonho, o visita.
Nos seus ombros,
carrega a sina dele e do cavaleiro
que já não mais existe.

Tapera

Deixe que os morcegos
ocupem o forro
e as caixas de marimbondo
tomem conta dos seus cantos.
Deixe que a macega
suba pela escada até o alpendre
e prolifere nas rachaduras do reboco.
Deixe que o musgo
cubra o tampo da cisterna
e que os escorpiões
armazenem veneno sob os tijolos.
Nada dói mais do que a lembrança da casa,
encravada como um prego
que lateja na memória.

Dessincronia

Depois da chuva de primavera,
o sol se abre em frouxa luz
de quem, em breve, vai-se pôr.
Tece jogo de claros e sombras
pelas encostas de capim-gordura.
Gotas d'água tremulam
nas folhas de bananeiras.
Galinhas abrem as asas
ou untam as penas com o bico.
Nuvens de aleluias
voam por cima dos cupins.
Da plantação de milho,
sobe um cheiro verde,
vindo das bonecas de cabeleira vermelha,
ainda em granação.
Reluzem abóboras e melancias.
Por que o menino divaga,
alheio à celebração da tarde?
Por que, só agora, vem à tona
o instante do gozo perdido?
Por que tudo flui e desbota,
perde-se em escombros,
para renascer com novo sentido?

Lições da noite

Antes de sair de casa,
mesmo com o sol ainda alto,
convém preparar
a lamparina.
Enchê-la de querosene,
subir-lhe um tanto o pavio
e deixá-la bem perto da porta.

Antes de se ir para a cama,
todo cuidado é pouco:
há que apagar
a lamparina.
Sua fumaça desenha abstrações
que marcam a cal da parede
e tingem de negro nossas narinas.

Quando a luz é precária
e as sombras têm poderes,
tateia-se pela casa a buscar
a lamparina.
A brevidade de sua chama
e a baixa luz com que nos ilumina
lembram-nos de que a noite é nossa sina.

Milagre

tem de haver um porto, uma praça,
um caramanchão de rosas brancas,
uma sombra, uma moringa d'água.

por certo, tem de haver uma pinguela,
um mata-burro, um canário da terra,
um fogão de lenha soltando fumaça.

deve haver numa curva um remanso,
ceva de pássaros, canto de seriema,
prata de peixes rio acima: piracema.

Cenho

A certa altura, íntima alquimia
alterou-lhe a textura da pele da barriga.
A trama das células perdeu o tônus
de carne de pêssego e sopro de brisa.

O fundo vale que lhe descia das costelas
já não exibia o frescor de parábola,
nem a tessitura de cetim da rosácea
que se abria sob o apalpo dos dedos.

Não disse adeus àquela que partia,
nem vi quando chegou essa outra
que cria enigmas no canto da boca.

Foi então que, entre os olhos fundos,
surgiram vincos de um cenho duro,
cuja natureza feriu de morte os dois.

Cantiga

de moito amar o que nom hai sabido
o obscuro o inominado o desvanecido
hei amado com amor desmesurado
amei sem a palavra amor a boca haver dito
toda água salobra do poço hei bebido
pero moiro com olho de nuvem enternecido

se me tangem feito boi me desgarro esguarito
que minha carne não havera de ser ferida
por zagaia de sandeu sem que eu escoiceie
mas se me tratam com modos de moito afeto
ou se minhas crias hai com gosto lambido
pero moiro com olho de nuvem enternecido

se nom me ajoelho diante de vus senhora
mentre a mi me pareceis em bel guarvaia
nom zangueis que igual a vus nom sei parelha
de vista baixa vus imagem mirei de esguelha
desde entonce migo em coraçon hai guardado
pero moiro com olho de nuvem enternecido

Melodia sentimental

Quisera saber-te minha
na hora serena e calma.
Dora Vasconcelos, em letra para
"Melodia sentimental", de Heitor Villa-Lobos

nessa hora em que a lua se inclina sobre os bambus
e expõe com sua luz o amarelo das laranjas do pomar

nessa hora em que o vento roça as flores de manacá
e espalha o perfume delas pelos quintais de sua casa

nessa hora em que as vacas deitam perto dos cupins
e regurgitam o capim que será o leite bebido amanhã

nessa hora em que a neblina estende-se pelas várzeas
e deixa gotas de água suspensas nas cercas de arame

nessa hora em que os cães latem e avançam nos portões
e os insones ganem e procuram posições para as pernas

nessa hora em que todo frescor já abandonou os corpos
e a madureza, essa ingaia ciência, transmuta-se em cela

nessa hora em que a cabeça está imersa no travesseiro,
desperte e desfaça o casulo de vidro em que você se enredou

nessa hora em que a solidão penetra na greta da janela
não deixe que se misturem: ela, a noite escura, e mais eu

Poema para a amada descrente

Ó bem-amada de coração descrente,
que trilha estreita chega à sua mente?
Por que tão dura a sua fronte de aço,
diante da água e do sal em que me desfaço?
Por que músicas, flores, anéis de pedra
não rompem o cerco que você engendra?
Por que, por mais que a ame em desmesura,
nada a faz contente, nada lhe traz a cura?
Não a alegra a beleza de nossas crias?
Inventaria mágoas, gestos e ferimentos,
sem sentir o gosto e a cor do que foi vivido.
Por mais que tente, não encontro pista
que leve ao seu centro de fria ametista
o calor que lhe dou com minha poesia.

Círculo

A Deusa é relâmpago.

Fogo-fátuo. Aparição.

Noiva em seu gonzo.

Os corpos gastam-se

sem nunca tocá-la.

A Deusa devora a todos

porque quer o Corpo

e sua usina de desejos.

Domínio da noite

Night, the female,/ Obscure,/
Fragrant and supple,/ Conceals herself.
Wallace Stevens

Eis sua fazenda:
o reino das luzes apagadas.
Quando a noite vira madrugada,
quando as sombras dançam no quarto,
quando os corpos ressonam,
as palavras chegam para visitá-lo.
Querem espezinhar seu corpo
e fincam espinhos no colchão.
Em vão, ele tenta pegar no sono.
Inventa imagens de ipês na serra,
finge poses que revelem repouso.
As palavras sibilam e serpenteiam.
Oxum se ergue do negror dos lagos.
Os chorões, como xilogravuras,
bebem as águas da margem.
Grilos, rãs, corujas e cães
anunciam a hora da caçada.
Há que pegar as palavras, acorrentá-las,
fazer delas um amálgama sintático,
antes que, como neblina,
se desfaçam sob a luz da manhã.
Carece embolar-se com elas,
rolar no negrume da noite,
deixar que, tinhosas, nos levem
para ribanceiras e cavernas.

Ainda que poucas restem no embornal,
mesmo assim, há que bendizê-las
e esperá-las com a fisga afiada
e a carne exposta, isca na escuridão.

Fidelidade

María Zambrano alumia as palavras.
Amorosamente, vai abrindo trilhas
que conduzem o aprendiz aos picos,
onde se respira o raro ar da poesia.

Ensina-lhe uma lição de fidelidade.
De como buscar o segredo, ossada oculta,
que ganha existência no momento
em que se revela o que antes dormia.

Aprende-se com ela a colher do silêncio,
da solidão que vem desde a infância,
palavras que precisavam ser escritas.

Língua solta não apresenta serventia.
A virtude anula vaidades e paixões:
a voz contida fala mais que gritaria.

Inventipalavração

para Paulo Terra e Anna Lívia

Que felizdeza!
Que tristidade!
Que gordureza!
Que esbeltura!
O que diria
a mômica Alice
diante dessa
loucurice?
Inseio-o.
Sua pele era
esverdolenga.
A criassoa era meio
causamedífera.
Mesmo estupefata,
naquele momento,
não o achei asquerento.
Há café?
*Ask*entei.
Nada *answer*izou.
Há café granizado?
Permaneceu calado.
Quedei-me absurdada.
Chega de conversa.
Você me bouleversa.
Mais tarde,
encasimificada,
comigomesmada,

em processo
de euzificação,
toca a campainha.
Ao porteabrir,
depavi-me
com uma cartinhazinha.
Desenvelopizei-a
e *start*ei a gargarrir.
Assim assinada vinha:
coracionalmente,
seu ET de Varginha.

Quarteto em K

para Humberto Werneck

Kandinsky, Klee, Klein, Kapoor:
quarteto com um quê de sagrado
nos seus reinos de cabala da cor.

Cor como a cor das asas do azulão,
cor sem corpo, cor matéria aérea,
cor de deuses em transfiguração.

Telas de cósmica e justa essência,
seres orgânicos, sêmen original,
totens nus de era pré-conceitual.

Aproxime-se delas com o corpo
e o espírito despidos de estéticas:
não são arte mental, são poéticas.

Grafito para Renina Katz

Renina aponta o lápis
e grafa com delicadeza
na pele porosa do calcário.
Do que não se mistura,
por contradição e atrito,
cria a sua epifania.
Com precisão de toureiro,
toca o centro, o cerne escuro,
e pede à pedra: *parla!*
A pedra arfa.
Insufla veias. Geme.
Murmura. Silaba.
Canta em polifonia: aleluia.

Ave Madhavi Mudgal

para Zilda Alves Teixeira

sob um jorro de luz
Madhavi Mudgal surgiu
rio sinuoso célere entre as rochas
saltos de salmões
espocar de pétalas
caligramas
anagramas
epigramas
olhares filigranáticos

curvas
parábolas
círculos
matemática animada
fractais
pletora de signos
arabescos
caligrafia sufi
juncos movidos pela brisa
roçar de asas de beija-flor
deslizar de gotas de sândalo
granulação de romãs
galhos de figueira erguidos para o céu
vento na relva   semente   mel

arco das pernas
leque
flor de lótus entreaberta
primícias
malícia de especiarias
reboliço de cascavéis
guizos
agulhada de desejo
mensagem de oráculos
o isso   o aquilo   o já   o é   o vir a ser
ave tudo-muda
transmutação de gestos
bichos
homens
deuses
em moto-contínuo

Barroca

gavião do recôncavo   artifício de asas   relâmpago
rumorejar de mina   seixos   anjos em dúvida
aranha de louise bourgeois   máscara   pulsar do vermelho
dona dos raios   moringa d'água   tempestade de janeiro
atena desabrochada da testa de zeus   mãe do poema
virgen del carmen   amazona bárbara   amália candelária
borrasca   voa-rápido   obscura   aguilhão do desejo
górgona   parede de avencas   versos de sarduy
sor juana reencarnada   embromação de cipós
música de cascatas   tempestade de granizo
riscar de hieróglifos   bizâncio   sertão
cantigas de roda   lezamia   varanda   lençóis de linho
fruta gogoia   sabiá   perfume de pomar
cerca viva de espinhos   vísceras de abóbora
batucada no esconso   yiá massê   sacrifícios de canções
sangue ritual   pedra de luz   *ein wehn im gott*
voz do vento

Tzvietáieva e o céu do poeta

para Dora Ferreira da Silva

Aproveite agora que o filho bateu a porta
e saiu a trabalhar para seus senhores:
arme a forca com precisão e calma de poeta.
Que país ouvirá sua voz dissonante,
sempre em vigília, a quem nada contenta?
Que o corpo seja jogado na vala-comum,
sem necessidade de qualquer cerimônia.
A poesia
　　　　— corpo que ganha espírito
　　　　espírito em corpo encarnado —
entrará inteira, imaculada,
　　　　no reino onde não existe julgamento.

A Deusa Branca vê Dora

Via-a
bela como
Dina Vierny
girando,
dançando
a *Gymnopédie*
de Satie.

Via-a
como Ártemis
com braçadas
de flores,
senhora
dos campos
e dos bulbos.

Via-a,
ninfa reclinada,
margarida alada,
ouvindo
o murmúrio
das águas
e o mantra das pedras.

Mestre Didi

arte que não fala da arte
tece o abstrato sagrado,
engendra formas gráficas,
fábulas que riscam o espaço

tremor de coração humano
diante do poder dos deuses
que falam sua língua essencial
pelas mãos de seu sacerdote

mestre Didi faz da natureza
objetos de intricado relicário,
expõe com palhas, cauris e cor
a entranha, a treva, o sacrário

Tauromaquia

Em meio ao detrito da TV a cabo,
vinda da Espanha, descobre-se
mais uma lição do que seja poesia.
Sob o olhar preocupado da mãe,
toureiros, pai e filho, discutem
como cada um vê a tauromaquia.
Com ardor de aprendiz, o rapaz pede
uma tourada que privilegie a estética.
Segundo ele, o pai gosta de eficiência
e, com isso, a tourada perde sua poesia.
O pai ama o domínio rápido e exato.
Exige sempre que o touro seja bravio.
Com convicção de anos,
explica que tem de haver um equilíbrio
entre a coragem e o apuro do toureiro
e a fúria e o apetite de morte do touro.
Se se sobressair a valentia do touro,
o embate termina em sangue.
Se se sobressair a mestria do toureiro
e o touro entregar-se de imediato,
perde-se o sentido do perigo.
O toureiro exibe volteios de esteta
que humilham a virtude do touro.
Assim, a tourada pode ser mais bela.
De modo menor, é mera coreografia.

Janelas de Anish Kapoor

o arenito
sugou o azul,
entranhou-se
no azul.
transmutou-se
em azul
solidificado.

a massa
porosa do azul
absorveu o ar.
o sopro de Shiva
que por ali
rondava.

as pedras azuis,
anjos do portal,
respiram,
murmuram senhas,
propõem enigmas
que nos levam
aos deuses.

topos de azul
sacralizado.
escritura ancestral.
buracos no vazio.
mitologemas
que se abrem
para o infinito.

Borda da Mata

As origens

Que pássaro secreto se oculta
nos ninhos de suas árvores?
Que urdidura de cipós, ramas,
cascas, musgos e parasitas
vela suas intimidades?
Que alquimia entre os brotos
e as folhas apodrecidas
resulta nesse perfume
que impregna o vento?
Na borda da mata,
o viajante estende o corpo
e repousa em sua cama de sombras.
Cavalos e mulas pastam,
o tropeiro sonha
mascando galho de capim
no canto da boca.

A geografia esquecida

Nomear suas grotas e vales
é reconstruir uma paisagem
semeada de frutos, gentes e bichos.
Bogari. Brumado. Serrinha. Descalvado.
Cafua. Jacu. Cervo. Córrego da Onça.
Barro Amarelo. Pedra do Urubu. Espraiado.
Mogi. Ponte de Pedra. Limoeiro. Pontilhão.
Paredes. Segredo. Contendas. Palmas.

Sertão da Bernardina. Os Galdinos. Os Miras.
Os dias devoraram a polpa dos nomes
e restaram essas palavras sem lastro.

A vida real

Cidade sem aura. Sem sombras.
Dizem que um padre rogou-lhe uma praga.
Árvores de altas copas foram arrancadas
e, do cimento, brotou uma fonte luminosa.
As árvores não prosperam,
mutiladas por podas até o toco.
Folhas e flores enervam donas de casa
maníacas por calçadas limpas.
Chique é ter o quintal cimentado
e os cômodos revestidos de carpete.
O padre conta suas reses.
O prefeito conta suas reses.
Pardais cagam nos bancos da praça.
Reconhecem aqui o reino da politicagem.
No Carnaval, pretos, bichas e pobres
descem do Buracão ou sobem da Santa Cruz
e podem dançar nas ruas,
acompanhando os filhos de boas famílias.
Mas não passam da porta do clube.

O futuro

O veio nobre

perdeu-se,
ocultou-se
sob suas montanhas.

Sem ascensão,
sem queda,
vive a cidade,
inerte,
em lento
bocejo.

Esquecidas
as sutilezas
dos doces
trabalhosos,
a poesia
do nome,
suas parabólicas
captam
dejetos de imagens.

Suspiro

Borda da Mata,
ata-me.
Borda da Mata,
mata-me.

Villa-Lobos, paisagista da alma

Aragem do absolutas estrelas.
Guimarães Rosa

prelúdio

de que espumas de galáxias,
de qual gosma cósmica,
de que big-bang
vem essa música?
ela embrenha-se nas matas,
infiltra-se na terra,
insufla os ventos,
estende seu manto de breu
sobre os corpos dos homens
e segreda-lhes sua *baraka*.

da terra

vem dos socavões
            pelas chapadas
nas pirambeiras
            sobre as falésias
cruza rios e lagos
            bancos de areia
mangues
brejos de saracuras
                  roça os arrozais
desembesta   estoura boiadas

trepida

da fúria brota
um ritmo grave
embalo de *cello*
ondeia em bálsamos
em ponto
e contraponto
tece paisagens
de dentro e de fora

da mata

penetra nas sombras das folhagens,
perambula por raízes, cascas e cipós
abre trilhas na cerca de taquara-poca

ouve o rumorejo do cristal da mina,
sente a úmida respiração dos sapos,
desliza entre os limos do barranco.

sobe por caules e ramos até a copa,
balança o verde dos cedros e jatobás
esparge o frescor da mata nas janelas

do vento

o vento levanta a saia da menina
e Mandu-Sarará dança no matagal.

o vento derruba as roupas do varal
e a touceira de capim-santo se agita.

o vento ergue redemoinho na estrada
e, ao seu toque, o bambuzal se inclina.

o vento ciranda nos degraus da escada
e canta cantigas que ninguém imagina.

noturno

a noite é sua família,
ilha em negro suspensa.
a noite exibe veludos
em seus papos de aranha.
a noite, avara de sons,
sussurra versos em surdina.
sua música de câmara
vela por quem sonha,
consola o de rude sina.

cantilena

o aguilhão da dor
caminha pelo feixe de nervos.
deixe doer.
deixe purgar a mágoa.
deixe que a água
lave a alma esfolada.
deixe que o canto,

azul de metileno,
cure as feridas.
deixe que o coração de ateu
levite sobre os escombros
do paraíso.

Palavras de empréstimo

A poesia, pelo contrário [da filosofia...], firmada desde as suas origens no inefável, lançada a dizer o indizível, não vê ameaçada a sua existência. Desde o primeiro instante, sentiu-se arrastada a exprimir o inefável em dois sentidos: inefável por próximo, por carnal, inefável também por inacessível, por ser sentido que está para lá de todo sentido; a razão última por cima de toda razão. É o drama que humildemente tem ajudado todo o poeta; uns, entendendo-o; outros, sem o entender.

A esta inefabilidade, se consagra a poesia. E o poeta sente o nexo fortíssimo que há entre elas; entre a proximidade da sua carne e o mais alto princípio, a mais elevada razão; o que, por ficar sob a razão, não pode ser definido e o que, por fazer que haja definição, não pode ficar sob ela. De uma à outra, vai a poesia fazendo para si um conjunto de fios enredados, às vezes; confundindo-se, errando o caminho muitas outras. Sem erro nem verdade, à margem deles e, por isso mesmo, invulnerável no seu extravio, na sua cega servidão.

do texto "Filosofia e Poesia" em *A metáfora do coração e outros escritos*, Maria Zambrano, tradução de José Bento, Assírio & Alvim, 1993, página 136.

Ruminações
[1999]

para José Paulo Paes,
em memória

O que amas de verdade é tua herança verdadeira
O que amas de verdade não te será arrancado

Ezra Pound, *Cantares*, “Canto 81”
(tradução de Augusto de Campos,
Haroldo de Campos e Décio Pignatari)

A raiz do que nos deslumbra está em nossos corações

Francis Ponge, “O sol colocado em abismo”,
(tradução de Manuel Gusmão)

COROGRAFIA MÍNIMA

Escoiceados

Meu pai e eu
nunca subimos
num alazão
que galopasse
ao vento.
Tínhamos
um burro
cinza malhado:
o Ligeiro.
Foi apanhado
de um conhecido
por ninharia.
Chegou com fama
de sistemático,
cheio de refugos.
De trote tão curto
que dava dor
nas costelas.
De certa vez,
caímos do burro.
Meu pai e eu.
Eu e meu pai.
Embolados.
Joelhos esfolados
no pedregulho.
Levamos
bons coices.
Meu pai e eu.
Os dois
nunca subimos
na vida.

O grito

O porco guincha

e sob a pata dianteira

sai a golfada de sangue

que enche a bacia.

Horas depois,

pronto o chouriço,

comemos o sangue preto,

as tripas, o grito.

Sexta-feira da Paixão

A mulher que ganhou os peixes
não traz os olhos cabisbaixos
nem os ombros arqueados.
Treze peixes finos e prateados
deslizaram para dentro da sacola.
A mulher que ganhou os peixes
dá uma gostosa gargalhada.
Para que bairro de Belo Horizonte
irá com sua sacola de peixes?
Vai comentar o presente
com o cobrador do ônibus?
Usará a frigideira preta
que fica no armário da pia?
Vai passar os peixes na farinha,
fritá-los e servi-los bem sequinhos.
Quem dividirá os peixes com ela?
O marido aposentado? Os filhos?
Haverá um gato eriçado
defendendo o inesperado das tripas?
A mulher que ganhou os peixes
não os salgou com sua mágoa.
Recebeu-os como um milagre
embora lhe fossem dados de esmola.

O senhor dos guizos

Lázaro Marques
nasceu abençoado
pelo gosto do riso,
pela chispa de luz
no olho raso,
pela riqueza,
— não de terras —
mas de memória.

Lázaro Marques
tem a mão benta.
Do solo em que joga
sementes e mudas
brotam jabuticabeiras,
limas de bico, ingazeiros,
jaracatiás, jambeiros, jatobás.

Lázaro Marques
é feito de cerne,
paçoca de amendoim
socada em pilão
e talagadas de cachaça
mantêm-lhe aceso o facho.

Lázaro Marques
tem anjo da guarda
de muito siso.
As cascavéis cruzam
em seu caminho.

Erram o bote.
Ele guarda os guizos
dentro de um pote.

Travo

para Ronald Polito

O sol bate nas encostas
e expõe o prata das pedras.
O gavião dá seu grito de triunfo
no último voo em direção à mata.
A flor de cacto abre suas pétalas.
Exala um odor de carniça
que embriaga as moscas
e as atrai para suas tramas de morte.
Os amantes debruçam-se
sobre o muro da varanda
e choram pelo frescor da pele
que lhes foi arrebatado.
No consolo do beijo,
o tempo pôs seu tanino.

Notícias do dia

Alarido de periquitos
que se camuflam
por entre o verde
das touceiras de taquara.

Surpresa de amoras,
maduras no ponto exato,
em meio ao emaranhado
da moita de espinhos.

Roçar de andorinha
entre voo e pouso.
Parábola desenhada
por vento e asa.

Sob o céu

para Neiva

Na sombra do canavial,
busca a cana que estala
sob o toque do canivete.

Lapida os gomos
com cuidados de esteta
até obter toletes exatos.

Deitado de costas,
masca cada um deles
até ficar o bagaço.

Cospe as sobras,
repasto branco
para as formigas.

Olha para o céu,
onde a pureza do azul
permanece intocada.

Miolo

Lembro-te mata,
tenda de folhas,
ninhal de minas,
casulo de sombras,
alcova de brotos,
renda de luzes,
vertigem de avencas,
friagem de sapos,
labirinto de cipós,
manto de limos,
frescor de cambraias,
grafias de cascas,
acridez de sumos,
açúcar de flores.
Recorro a todos os nomes
sem nunca recuperar
o frêmito de espanto,
o susto da criança
inaugurando a mata.

Quadrinhas

Passei a noite inteira
em vigília no pari,
sem que visse escama
de um reles lambari.

Passei a tarde inteira
acenando para o trem.
Ao meu aceno de adeus,
não respondia ninguém.

Menina da Cafua

Anda, Joana.
Anda, Joana.
Anda ligeiro, Joana.

Saco de mercado na cacunda,
vamos direto pra Cafua.
Vamos de patrona de lona.
Botinão rangendo de novo.
Sebo nas canelas, menina,
que logo aponta a lua.
Na subida dos Caetano,
João Miguezinho Benzedô
treis veiz o demo enfrentô.
Anda ligeiro, criatura.
Na cidade, só me inventa despesa.
Pidoncha doce e picolé de groselha.
Aperte o passo, moleca,
que onde para o capim seca.
Dizem que está opilada,
a feição amarela
de lombriga assustada.
Anda, Joana!
Amanhã de madrugada
a gente pega no eito.
Canseira é luxeza
que pobre não tem direito.

Modinha para Anna Lívia

Quando bati a porteira,
levei comigo a miragem
da morena brejeira
com cheiro de manacá.

Faço doidices por ela:
tiro duzentos mil réis
do Banco da Lavoura
e compro tudo em anéis.

Vendo terras, boiada,
boto tudo na guaiaca,
vamos pro Rio de Janeiro
beber champagne gelado.

Torro inteiro o cafezal,
gasto o ouro de Gongo Soco.
Vamos pular Carnaval
desfilar no Ameno Resedá.

Picumã

A lenha chia,
solta água
pelas frinchas.
A fumaça
arde nos olhos,
enovela-se,
adere ao preto
da parede
e se acresce
ao rendado
do picumã.
A teia:
crônica da vida
que escurece
em torno do fogão.

Reboco

para Niura Bellavinha

Sexta-feira:
dia de rebocar o chão.
É preciso ir ao curral
e trazer na bacia
o estrume das vacas.
Melhor aquela pasta
que solta fumaça,
ainda cheirando a capim.
Na beira do barranco,
perto do córrego,
cava-se a tabatinga.
Do branco do barro
com o verde da bosta,
que se mistura com os dedos,
surge uma argamassa
com que se barreiam
o piso da cozinha,
a taipa e os lados da trempe.
Para quem não tem muito,
tudo tem serventia:
a argila, a bosta da vaca,
o perfume da grama,
o giro ágil das mãos.
Faz-se sem saber como,
sabendo-se desde sempre
essa alquimia.

Tatu-bola

Baldados os trabalhos e os dias,
os abraços em gente sem serventia
e os apertos de mão de última hora.
Ama só aqueles de quem nasceu,
a quem deu vida e os amigos
cujos afetos enraizaram-se na alma.
Que não se gaste apreço ao geral,
ao que por todo mundo é gostado,
às imagens e notícias em demasia.
Se o sabiá canta no abacateiro,
se a tristeza logo cedo faz visita,
essas miudezas de ordem própria
valem mais do que manchetes de jornal.
De tanto ver entusiasmo sem sustância,
como um tatu, cava um fundo buraco.
Quem cresceu só, aprecia a solidão
que o protege do mundo como um casco.

Fábrica de polvilho

para Regina Moreira Meio

A roda

Espremida contra a parede,
no beco aonde a luz do sol nunca chega
e o limo arquiteta mapas
de viscosa umidade,
a roda gira seu madeirame,
que anos de embate com as águas
tornaram escuro e encharcado.
A água já lhe penetrou nas cavidades,
nos encaixes e desliza rápida
enchendo-lhe os cochos.
A roda bebe a força das águas,
recebe suas guascadas
e bêbeda rodopia como um dervixe
que retira do movimento cego
sua forma de êxtase.

A lavagem

Nos jacás ficaram
os torrões de terra.
No descascador de madeira
troteiam, saltam e chocam-se
as mandiocas recém-arrancadas
cujas cascas vermelhas

são maceradas
pela contínua batida das águas,
pela velocidade do giro
e do atrito com a madeira.
No final, nuas e brancas
estão prontas para serem trituradas.

O repouso

Brancos tanques de azulejo.
Brancas massas de polvilho
na solidez do seu repouso.
Abstrações leitosas e vítreas.
Geometria que fere os olhos.
Azedo que impregna as narinas.

A secagem

Jiraus feitos de bambu
forrados com algodão riscado.
Altares. Aras. Oferendas.
Blocos de polvilho
desmancham-se
sob o fastígio do sol.

Salva-vidas

Que reza brava
anulará o mau-olhado
para que as espigas
não fiquem ingres?

Que unguento
irá curar a ferida
que cada manhã
se abre para o dia?

Que verso encalacrado
nas dobras das tripas
salvará a vida daquele
que quer antecipar o fim?

Seriema

para Marcelo Carvalho Ferraz

O moirão

        pedestal

de madeira

        para a seriema

em seu ápice.

Captada

em seu trono,

        majestática,

vigia seu reino

        de campinas

sob um fundo azul.

Cantará a sibila

        o fim do estio?

Esperado canto

que invoca

as nuvens

e solfeja

a chuva

benfazeja

aos grãos

depois do plantio.

Ostras

A ostra
e a aspereza
de sua crosta.
O acúmulo
de craca
nas rugas
de carapaça.
O cheiro podre
de mangue
entranha-se nos poros
e no tecido das narinas.
Lembram ao homem
seu invólucro de lama.

A ostra
se fecha
e na sua
caixa tosca
purifica-se,
protege-se
do lodo.
Oculta,
eleva
sua carne
ao limite
da sólida
pérola.

Poemas do Caraça

I

Subindo, subindo
por estreitas trilhas,
nos agarramos nas pedras,
saltamos poças d'água,
nos desviamos dos limos.
Subindo, subindo
sob um véu de neblina
que cobre o Embuçado.
Que haverá do lado?
Ribanceiras, pastagens,
abismos ou mato fechado?
Subindo, subindo
sob um véu de neblina
e o silêncio entrecortado
pelos guinchos dos saguis.
Subindo, subindo
com os corações aos pulos
e os sentimentos como ramas de feijão,
batidos não nos terreiros de fazenda,
e sim pisoteados nos escritórios das cidades.

II

A geografia muda
e sua escritura que nos incita
a buscar palavras que revelem
a aspereza da alma.

O desenho das montanhas,
as formas dos seixos,
a curva que faz o rio,
a água cor de ferrugem
que contrasta com a areia
branca e fina da margem:
escrituras que desdenham
dos homens e da História.
A geografia cega
não se deixa captar
pela mentira das fotos
que multiplicam suas imagens.
Ignora o olhar dos viajantes.

III

Por entre a cerração,
visita-me, de madrugada,
o vulto do Embuçado.
— Fuja, murmura o fugitivo
entre os vãos da janela.
— Fuja para um abrigo
cavado na rocha de ferro.
Fugir para quê?
Sabe o Embuçado
que para onde sigo
tenho comigo guardado
o inimigo?

Mantiqueira

Em romaria

Sob o toldo de lona verde,
com tábuas de madeira como bancos,
as romeiras apertam as contas do terço.
Rezam para que o caminhão
enfrente a subida e não despenque
pelos grotões da Mantiqueira.
O perigo, avisam os mais experientes,
começa logo depois de Itajubá
e só vai terminar em Piquete.
Velai, Nossa Senhora Aparecida,
para que a serra não escolha
esses crentes que temem sim
a ira de Deus e seu gosto por acidentes.
Tudo conspira para a desgraceira.
A cachaça do motorista, a cerração,
as falhas do motor, o escorregadio da pista,
as curvas desenhadas pela morte.
Que Deus nos livre e guarde,
mas em acontecendo o desastre,
tudo será narrado na Sala dos Milagres.

No ônibus

De Piquete para o alto,
seguindo um veio de asfalto
no labirinto verde da montanha.

Sucessão de mata fechada
espigões, cristas, espinhaços.
Nem chaminé ou choupana,
nem bois, curral ou plantio
nessa sequência de escarpas.
De manhã, a serra envolta
pela gaze da neblina
surge irreal e mítica,
solene em seus precipícios,
recém-nascida da bruma.
Durante a noite,
a espessura das sombras,
vultos hieráticos em negro
que se desenham pontiagudos
no fundo azul do céu.
Silêncio maciço e primevo:
dádiva em meio ao cansaço.
O que a paisagem diz
é uma fala que recusa as palavras.
Esmaga-nos com seu espaço.

Mestre Vento

para Fauzi Arap

Não cultivo a atração do abismo.

Nem busco de propósito o voo.

Como resistir àquele momento

em que das geleiras do esconso,

por entre as gretas da gelosia,

surgem os chamamentos do vento

que põem abaixo todos os cálculos

de equilíbrio que engenhei um dia?

Mapa

ama o inominado

o perecível

o particular

a coleção de cacos de louça

os arreios e os antolhos das mulas

a caixa de ferramentas do avô

o cavalo baio com o olho cego

a luz do sol sobre as encostas

a dureza das macaúbas

nomeia as coisas que pedem

o nascimento pela palavra

escrita que se transforma

em outra escrita

geografia de migalhas

dicionário pessoal de falas

ditas na labuta concreta

sem reconstituir um mundo

cuidar de um retalho:

o fragmento pelo todo

senhor de restolhos e rebotalhos

inventário de perdas

rol de inutilidades

vasos vazios e quebrados

sem esperança sem consolo,

com a paciência de um boi

segue tua trilha de erros:

rastro de palavras

marcas da passagem

serpentear de frases

mapas de dor e descontentamento.

RESES E RESTOLHOS

Carrear

Mestre carreiro de justo nome
não faz zoeira em seu carrear.
Nunca aperta demais o cocão
nem impõe domínio na gritaria.

Mestre carreiro ganha respeito
sem sangrar o lombo das parelhas.
Baste o som da argola do ferrão
para conseguir os seus propósitos.

Mestre carreiro tem determínio
ao espertar a junta-da-guia.
Sem se exceder no preciso aperto
para que não refugue na subida.

Mestre carreiro mostra comando
quando cutuca a junta-do-coice
para instigar nos bois uma força
que retire o carreto da lama.

Mestre carreiro olha desconfiado
para quem tem boiada conjunta;
ornando dupla mais por beleza
do que por valentia e empenho.

Mestre carreiro rege a orquestra:
assobia, arregimenta e harmoniza.
Ele, bois e carro — uma partitura.
Na estrada canta a sua escritura.

Autorretrato como boi

Eu boi.
Boi de mim mesmo.
Boi sonso.
Boi de canga.
Boi de carro.
Boi de ônibus.
Boi de arado.
Boi sangrado por ferrão.
Boi de carreto.
Boi em prédio de vidro.
Boi com crachá
e carteira assinada.
Boi comprovado.
Boi indistinto
na boiada da cidade.
Boi tangido.
Boi bernento.
Boi de joelhos
sem um mugido
na escuridão.
No curral da insônia,
rumino palavras pastadas
na ribanceira dos dias.

Maquinação

Entrou em máquinas de tristeza,
sombras espessas espalham-se
pelos chapadões da mente.

Entrou em máquinas de tristeza,
como peixe de lagoa de várzea
buscou o lodo mais fundo.

Entrou em máquinas de tristeza,
os jeitos das gentes e das coisas
deixam-no de estômago embrulhado.

Entrou em máquinas de tristeza,
restolhos de colheitas antigas
regurgitam em sua garganta.

Entrou em máquinas de tristeza,
a estrada come a paisagem baça
sem que em nada ele veja beleza.

Ruminadouro

Terminada a ceia,
servas retiram cântaros
de vinho,
alguidares com tâmaras
e azeitonas.
Permanecem sobre a mesa
cestas repletas
de figos roxos
em meio às folhas
da figueira.
Dispõem vasilhas com
pétalas de flores
para que os comensais
lavem as mãos.
O perfume dos lírios
espalha-se pelo pátio.
Apagam-se todas as tochas
que ardiam em azeite.
Sob a luz da lua,
surge a bailarina
de braços brancos.
A criada lhe traz as
serpentes sagradas.
Toma com cuidado
as serpentes
que silvam
sob seu comando.
Toca com os pés nus a laje.
Gira e faz soar

a dançarina de vestes azuis
movimenta-se
entre as colunas
serpentes enroscam-se
em seus braços
apontam entre
os cachos de cabelo
ela sente o frio
de mármore sob os pés
é homem é touro
é o embate
investe com seus chifres
desvia-se
gélido suor
nas omoplatas
maresia, arfar
de narinas, latejos
o pai que se queime
em desejos
branda guizos,
silvos e línguas
a mãe nua
coberta pelo touro
quem virá do alto-mar?
a quem beijará?
as linhas do destino
onde se atam?
as safras de trigo
saqueadas

os guizos da saia.
Gira e transfigura-se
em touro e homem
que se enfrentam
e recuam.
O solitário do
subterrâneo
lança seu mugido
que reverbera
entre as paredes.
Logo chegará ao porto
a nau
com suas velas negras.
Desembarcarão
os bárbaros.
Os afrescos serão
calcinados.
Arderá o palácio.

os artefatos de guerra
enferrujados
dança de hipnose
esmero na sedução
brancura de dentes
entre os lábios
haverá sacrifícios
sete vítimas
envoltas em saliva
agora só há
o júbilo da dança
serpentes são braços
braços serpenteiam
frêmito no corpo esguio
jogo de cabelos e coxas
ardor de mulher
rumina viagens
sonha com partidas

tudo pende por um fio

Curral

Cidade, rumor e vaivém sem paz das ruas,
Ó vida suja, hostil, inutilmente gasta.
Sophia de Mello Breyner Andresen

saem dos subterrâneos das garagens
fazem dos seus carros armaduras
buzinam com raiva para os pedestres
entre gritos e mensagens em celulares

saem dos conjugados sem luz do sol
nas padarias pedem pão na chapa
procuram nas bolsas por seus cheques
em meio a cigarros, moedas e chaves

saem de bairros Jardim Qualquer Coisa
humilham-se deitados sob as catracas
alimentam as filas das construtoras
enquanto sonham com o vale-refeição

saem de buracos sob a linha de trem
correm com bugigangas nos braços
escapam das batidas dos fiscais
por entre ônibus, mendigos e frutas

saem das esquinas, nos semáforos
usam tênis e moletons com capuzes
encostam cacos de vidro nos pescoços
sob olhares de medo e votos de morte

saem dos portões com grades
vestem camisetas presenteadas
trocam os passes por chocolates
entre o aperto de sovacos e coxas

saem de lojas de mármore e vidro
carregam sacolas com logotipos
escondem-se atrás de óculos escuros
para que a feiura não lhes fira as retinas

para onde voltam? que dor os arrasta?
que mó de pedra trazem no coração?
por que evitam olhar para os que passam?
onde um sopro, um vento, uma asa?

Não posso sofrer essa dor agora

Não posso sofrer essa dor agora,
porque já penei bastante outrora.

Veio oferecida, sem marcar hora
e pula no peito com sua espora.

Tirana, de mim quer ser senhora.
Apraz-lhe quem todo dia chora.

Peço que a dor vá logo embora
e se perca pelo ermo afora.

Oração para uma ave de prata e azul

Santa Maria das Canoas,

velai minha visão de vísceras expostas.

Santa Maria das Canoas,

evitai que eu beba da fonte do esquecimento.

Santa Maria das Canoas,

dai-me uma donzela com moringa d'água.

Santa Maria das Canoas,

enxugai com vossa boca o sal dos meus poros.

Santa Maria das Canoas,

soprai brisa marinha nos meus cabelos e na testa.

Santa Maria das Canoas,

cobri meu corpo com úmidos lençóis de linho.

Santa Maria das Canoas,

entoai-me a Cantilena de Villa-Lobos.

Santa Maria das Canoas,

ofertai-me bandolins do luar e campos de giesta.

Santa Maria das Canoas,

fazei com que eu creia em vossa feitiçaria.

Embora vos saiba oca, dissimulada,

deusa côncava, ave de artifício,

sáfica, egipcíaca, de gênio destemperado,

invento-vos sagrada, rosa polar, camélia de gelo,

lâmpada do infinito, Regina do Mar,

deusa branca, minha cria.

Música de Górecki

Dê ao descrente,
temeroso das alturas,
dos elevadores e passagens escuras,
se não a fé, ao menos um alento.
Devolva-lhe um sentimento de romeiro,
um cheiro de incenso de primeira missa.
Que a exultação dos sons
origine uma ogiva de luz.
Que os olhos se ergam
para esse relicário.
Que ele se esqueça de si
na clareira dessa nave.
Que a música lhe seja leito,
escapulário, sonho brando
sob um manto cálido.

Dia de nada

O domingo expõe
seus andaimes de sombras,
zonas de exasperada ferrugem,
falas e imagens deterioradas.
Unhas imploram
para serem roídas.
Há um facho de luz
cruzando o plexo.
Há a interrupção do desejo,
aragem de um espasmo,
antes que as ruínas das horas
girem seus dentes
e triturem os ânimos.
Imobilidade do corpo
em seu centro vazio.

Solilóquio de Nina Simone

Habitou-me um deus espesso.
Sangue da cor de fígado.
Veneno talhado, macerado e amargo.
Fez morada em cada célula.
Nos alvéolos, nas entranhas, sob as unhas.
Expande-me a veia do pescoço.
Sangra por minhas gengivas.
Lateja-me nas têmporas e nos pulsos.
Planta arrancada da terra africana,
finca suas raízes fundas de baobá
e traz-me gosto de lama à boca.
Sabor atávico a relembrar o homem
do brejo em que ele se originou.

Solilóquio de Nina Simone (versão 2002)

Habitou-me um deus espesso.
Sangue cor de fígado.
Veneno talhado, macerado e amargoso.
Fez morada em cada célula.
Nos alvéolos, nas entranhas, sob as unhas.
Expande a veia do pescoço.
Sangra pelas gengivas.
Lateja nas têmporas e nos pulsos.
Planta arrancada da terra africana,
deita suas raízes fundas de baobá
e traz gosto de lama à boca.
Tem sabor atávico a relembrar
o lodo de que se originou o homem.

Habitou-me um deus exigente,
que me fere e exaspera.
Que espezinha o que eu era.
Que fala o que eu não pensara
e, dizendo-me ao contrário,
faz-me gostar do calvário
que, às cegas, eu criei.
Nomeio que não tem nome:
raio de Iansã, trovão, ciclone,
sopro de Orixá, c'est moi
Nina Simone.

Fora de linha

para Antônio Nóbrega

Os homens obsoletos foram dispensados
como candidatos a recrutas, por excesso de contingente.
Os homens obsoletos vagam qual zumbis
em praças, parques e estações de metrô.
Os homens obsoletos alimentam-se de jornais
e engordam nos sofás diante da televisão.
Os homens obsoletos cumpriram as exigências:
faculdade, inglês e cursos de pós-graduação.
Os homens obsoletos mantiveram-se jovens
com dietas, ginástica e oficinas de autoestima.
Os homens obsoletos tiveram bloqueados
seus crachás, suas senhas e cartões de crédito.
Os pais não querem os homens obsoletos.
— Ah, quanto dinheiro investido em sua educação!
Os amantes não querem amar os homens obsoletos
porque estes têm a pele com gosto de ferrugem.
O mercado não absorve os homens obsoletos,
pois não existe demanda para a exportação.
Não há como reciclá-los para que se encaixem
nos mutáveis programas de reengenharia.
Terapeutas recomendam aos homens obsoletos
que ocupem o tempo ocioso nos museus e galerias,
nas paróquias ou mesmo em clubes de filatelia.
Os homens obsoletos caíram em desuso
como os chapéus, as galochas e o jogo de bilboquê.

Fontela

inúteis

o gorro de lã

em azul absurdo

    a bengala

    a aspereza da fala

    a bile malsã

não mais precisas

de casa

de pão

de vinho

da companhia de um gato

de esmola

o silêncio chegou,

    curva-te

o nada

é um estado

de graça

ficou a palavra

osso

âmbar

aragem inefável

no reino do poeta

não há juízo

ele acerta

mesmo quando

fracassa

Jardinagem

Minha cara, sua certeza
de ser perfeita em tudo
não lhe trará o paraíso.
Os deuses preferem os tortos,
os enjeitados, aqueles sem eixo,
que cultivam disparates no coração.
Sua jardinagem se faz pela rama.
É poda de superfície.
Você cuida das plantas
usando luvas de plástico.
Comece por aquele canto
em sombra nos fundos do jardim.
Cuide do esterco, sem asco.
Carregue o estrume de vaca
e vá fazendo um monturo.
Deixe que a mistura arda,
que o cheiro acre entre nas narinas.
Depois, revolva tudo com as mãos
mesmo que o esterco penetre nas unhas.
Fira a terra com a enxada,
espalhe o esterco pelos canteiros.
Deixe que seus cabelos se enrosquem
na testa e na nuca suadas.
A roseira lhe trará
rosas mais perfumadas.

Livro de cabeceira

Rói as unhas,
os cantos dos dedos
e os nós da mão
até que doer
seja uma forma
de esquecimento.
Lanha-se com
caco de vidro
cada pedaço da pele
para que se autorrevele
a urdidura de cicatrizes,
incunábulo, xilogravura,
esgar de máscara:
a dor como escritura.

Sem trégua

para Fabio Weintraub e Ruy Proença

Toque-o.
Humano de carne e osso.
O tempo distorceu sua face.
Não é invisível, de fato existe,
embora já lhe tenham apresentado
três vezes a mesma pessoa
que nunca o reconhece
tal a sua humanidade.
São de um menino
os olhos interrogadores:
é isto um homem?

Ouça o que ele não diz.
Certas dores só a música traduz.
O sarcasmo da frase esconde um coração
tão sentimental quanto um fado.
Gagueja de perplexidade e desgosto.
Para ele, todo dia inaugura-se o assombro.

Somos galos na rinha.
Bicamos e esporamos.
Levamos esporadas.
O sertão é dentro.
Íntima ou declarada,
a guerra é sempre.

Lida

Peleja
para pegar
no sono.
Repele
os becos
em que
os pensamentos
giram em falso.
Rumina
os restolhos
ofertados
pelo dia.
Coloca
cunhas de
imagens
de bicas d'água
e pastagens
para que represem
os círculos infernais.
Esgrime
contra os
espectros
da noite.
Remói
a lembrança
de um tempo
em que o corpo
e o pensamento
se deixavam
levar.

Ruminações

à maneira de Enrique Lihn

Nunca saí dessa roceira Minas
que nos dá aflição e dor como herança.
Lamaçal de bosta de vaca
no curral bem em frente da casa.
Cheiro de leite azedo nos latões
e de óleo queimado para expulsar bernes.
Jardins de dália e corações magoados,
chás de consolda e escaldados de quirera.
A avó socando o arroz no pilão,
preparando decoada para o sabão
ou com rodilhas para o feixe de lenha.
Compras sem um item supérfluo
anotadas nas cadernetas de armazém.
Terras tomadas por sapé e sorocaba
e vendidas para pagar promissórias.
Vidas acanhadas atrás de janelas
na cidade que não definha nem prospera.
Rancores cultivados durante anos,
as mesquinharias de parentes.
Amor ressabiado, apenas sugerido,
abraços sem calor, corpos com arestas.
Podem dar-me asas, cheques de viagem,
mandar-me para velejar em Bizâncio.
Recolho, rumino e regurgito
a aspereza daqueles dias.
Rejeito sua rica hospedagem.
Sou um estranho em suas festas.
Nunca saí desse círculo de ferro.
Nunca saí dessa Minas que não termina.

Pelo corpo
[2002]

Livro em parceria com Ronald Polito. Reproduzem-se a seguir apenas os poemas de Donizete Galvão.

CORPO, *s. m. Opposto a espirito. Substancia material, extensa,*
impenetravel, divisivel, &c. dizemos o corpo dos homens, e animaes,
a maquina organica animada pela alma, ou espirito.

Antonio de Moraes Silva,
Diccionario da lingua portuguesa, 1813

Vida secreta

a flor do corpo
floresceu ao inverso
no subterrâneo da noite

rosa sem dono,
sua corola se abriu
e apodreceu no mesmo instante

a flor do corpo
irá florir mais uma vez
na última estação

Órfico

pouco importam
    as partes
esquartejadas
    os ossos expostos
os membros divididos
        pelas mulheres
                em desatino

a cabeça
        separada
do corpo
        ainda canta

vale uma vida
vale uma morte
                esse hino

A razão de Heráclito

Depois que todo desejo
                    se esgota,
a ânsia arrefece.
O homem se sente como um boi
que pastou capim verde
                              na grota.

Combustão

A veia
saliente
no dorso
da mão.

Dois
sulcos
graves
na testa.

As estepes
das costas
e seus feixes
de nervos.

A dor,
revés do desejo,
segue o rastilho:
queima o corpo
até a sombra.

Meu país

Teu corpo é o país do meu desejo.
Mapa onde imprimo minhas digitais.
Tens trilhas que refaço e desconheço.
Dama do pescoço descoberto, amo
teu ventre côncavo e teu humor incerto.

Figuras de Giacometti

Corpos sem entranhas.
Corpos sem linfa.
Famintos por miragens
que engolem inteiras.

Corpos como hastes
arqueadas pelo cansaço.
Corpos como um traço,
um risco de carvão.

Corpos sem encarnação.

Depreciação

De hoje em diante
não irás ganhar o pão
com o suor de teu rosto.
Não precisarás mais de rosto.
Nem de suor.
Nem de um corpo.
De hoje em diante
a máquina imperfeita
de teus músculos
será mais um objeto
em desuso.

Horas abertas

Nas horas abertas,
a arquitetura do corpo
perde seu centro
e deixa desguarnecidas
suas fronteiras.
Têmporas, pulsos,
ouvidos e tornozelos
abrem passagem
para os malefícios
que intoxicam
os membros.
A massa do corpo
pesa de impaciência.

Oco

O incômodo
dos braços
diante
do espaço
exíguo.

A impaciência
das unhas
roídas
até o toco
dos dedos.

O frio
do estômago
à espera
de um corte
de faca.

A dor
que ronda
um corpo
partido,
à deriva.

À bela dama do pescoço longo

Hoje, não te falarei do desejo
como abandono e doçura.
Serás chamada Dolores,
Senhora do Espasmo,
memória das águas,
Hécate, rainha dos raios,
deusa lunar de coração duro.

Vens de um tempo imêmore,
criatura de Mercúrio,
obra em negro,
mulher remota
que irrompe sob teus poros
quando estamos no escuro.

Os olhos de Charlotte Rampling

as esmeraldas liquefeitas gaze dos musgos rasgos de luz na caverna marinha tela que se esgarça marés de vidro murano esgazear de folhas fruta de vez júbilo de janelas horizonte de vidro desejo em placenta jamais maturado onde um vento? um gesto? uma mão espalmada? O pavão abre seu leque o frescor do dia se vai os olhos continuam fluidos interrogativos os olhos teus nunca fitaram os olhos meus dói-me a visão do que quis e nunca pude tê-lo nuvem contrapelo dói-me mais a beleza em fuga da mulher o lampejo a textura do efêmero quebra de uma onda os tons do mar o que amei e se evanesceu tudo se foi sem gesto de adeus

A cidade no corpo

A cidade perfura
o corpo
até a medula.
Contamina os ossos
com seus crimes.
Bica o fígado,
pesa sobre os rins.
Imprime seu labirinto de cinzas
na árvore dos pulmões.
A cidade finca raízes
no espaço das clavículas.
Esta cidade: minha cela.
Habita em mim
sem que eu habite nela.

Território dos sonhos

Florescência de sonhos
na região das sombras
protegida pelas pálpebras.
Medo de acordar,
de que o véu se levante
e revele o dia
com suas arestas,
curvaturas e calcinações.

Talassa

Com raiva, febre e tortura,
os corpos em convulsão
querem o retorno ao oceano
de águas corrosivas
onde possam consumar
a dupla dissolução.

Mundo mudo
[2003]

para
Dora Ferreira da Silva
Dora Costa Paes

Mudo o que entrou
na vida, mudo

Paul Celan

Olhar bem para as coisas que de repente
deixaremos de ver para sempre

Aníbal Machado

A NOITE DAS PALAVRAS

Os nomes

I

Quisera, agora,

repartir com você

todos os trabalhos

e os dias.

        Sei — e como dói

        Só o saber nesta hora —

os nomes que me confundiam

quando a cabeça

estava mergulhada nos livros.

        O alicate

        A torquês

        A chave de fenda

        A lima

        A máquina

para esticar

arame farpado

II

Quisera retirar do paiol

todas as ferramentas.

O alfanje

A enxada

A foice

A cavadeira

O enxadão

O serrote

O cepilho

Quisera ser de novo

o filho que engraxaria

os seus sapatos

e os deixaria

na escada do alpendre

sob o sol da manhã.

Escovados,

lustrosos

para a missa de domingo.

Cisterna

Água parada de poço.

Só um feixe de luz da lua

vem tocar-lhe a superfície.

Não mais se ouve

a música da carretilha.

Não mais se ouve

o balde batendo nas paredes de tijolos

e a água a se derramar.

Ninguém mais lava o rosto

e a bebe com sofreguidão.

Água parada de poço:

ambos estamos estáticos,

imersos

no negrume da noite.

Arrozal

para Sérgio e Maria Rita

Sua tarefa era
espantar os pássaros
da plantação de arroz.

Com um pedaço
de cabo de vassoura,
batia na lata vazia
de querosene.
Voava a passarinhada.
Substituir o espantalho
foi seu primeiro trabalho.

Lady Macbeth

Que vê
quando me vê?
Um cão,
um ladrão,
um osso,
um fosso,
um traste,
um rapaz
de olhos tristes?

Que diz
a aspereza
das palavras
em ira?
Boa sorte,
boa morte,
fica na tua,
que a serventia da casa
é a porta da rua?

Medusa

a tua fala
tem gosto
de losna macerada
o teu silêncio corrói
a cal das paredes
a tua testa
é fera que rosna

onde as palavras
para dissipar a névoa
que cobre teu corpo
na madrugada?

À Safo de Mytilene

Saí muito cedo
quando Aurora
atiçava seus corcéis
para que a manhã
desabrochasse.
Fui a pé
de Éreso a Mytilene.
Sonhos floresciam
em minha mente
cheia de bons presságios.
Via-a como
trêmula égua,
cálida pétala,
álacre cítara.
Antes, já enviara
cântaros de vinho
para Lárico.
Alvíssimas cabras
para Cleis, a velha.
Favos de mel
para Cleis, a menina.
Quando chego à sua morada,
dou com a porta na cara.
Dizem-me que você só tem olhos
para Arkheánassa e Gôngula
e gaba-se de que os versos que faz
hão de glorificá-la por séculos.
Afrodite me fez pisar em falso.
Não sou tolo como Kérkylas.

Baterei à porta de Andrômeda,
que, por certo, há de me servir
a mais tenra de suas novilhas.

Solitude

Juntos, em solitude.
Cada qual com sua chaga.
Cada qual com sua cruz.
Dois corpos antes tão próximos,
separados pela geografia
que a mágoa desenha.
Entre os braços,
interpõem-se
desertos, salinas e dunas.
O amor morreu?
Não. Condensou-se.
Soterrou-se em veios
de duro e negro minério.
Duas árvores cujas raízes
trançaram-se rumo ao fundo.
Que frutos falhos e ásperos
nessas mãos antes tão íntimas,
que, mesmo durante o sono,
permanecem bem fechadas.

A betoneira

A análise combinatória
dos membros com os lençóis,
o travesseiro e o colchão
nunca resulta em conforto.
O corpo permanece alerta
com sua incômoda topografia.

O braço direito estendido
em arco sobre a cabeça
aperta o olho e a testa.
Os dedos das mãos se cruzam
e aumenta a pressão entre as juntas
até fazer com que doam.

A perna direita apoia seu peso
sobre o pé esquerdo retesado.
O encontro dos tornozelos
provoca a irritação de um atrito.
Por mais que se retorça,
o corpo retorna ao estado de tensão.

Por trás dos olhos ressequidos,
nas antecâmaras do cérebro,
não há uma fresca imagem,
o delírio de uma fruta,
que pronuncie a calma
da zona fronteiriça ao sono.

Como se fosse uma betoneira,
a máquina mental trabalha
em seu giro ininterrupto.
Nela, chocam-se os pensamentos,
como seixos de granito
em constante rotação.

A derrocada

para Carlos Loria

Estás sob
a sombra
de um anjo triste
que traz as asas
esfarrapadas.

Rastejante,
ombros em queda,
já nem tem
plano de voo
ou de partida.

Coberto de terra e cinza,
está exausto de te buscar
nos becos e poços
em que te tens encalacrado.

Exaspera-o a tarefa insípida
de te acompanhar
em tua derrocada anônima,
sem grandezas
que possam ser anunciadas.

O hóspede

Que hóspede silencioso
recebeste em sua morada!
Usa teus lençóis e toalhas,
barbeia-se com teu creme
Não se arreda de ti.
Segue-te como um cão.
Arranchou em tua carne.
Ancorou em tuas lágrimas.
Vê que teus olhos
perderam o viço
e se mostra o olhar
maligno desse estranho.
Estão mais finos os teus lábios
e a boca curva-se para baixo.
Percebeste que os amigos
já se mostram reticentes
quando se encontram contigo?
Este hóspede
vem-te roubando
o riso, o humor, a memória.
Em morte dupla
vai acabar esta história.

Cisão

um corpo que pesa

feito de pedra e ferro

um corpo espesso

com articulações calcárias

um corpo que se exaure

de tanta dor

um corpo muralha

impenetrável

pelo espírito que ronda

sem conseguir habitá-lo

Visita

Que ela chegue
sem clarins ou trombetas,
entre como facho de luz
pelas gretas da janela
e atravesse o quarto
na sua claridade.

Que ela chegue
inesperada,
como a chuva
na tarde calorenta
e faça subir o odor
de poeira molhada.

Que ela chegue
e se deite ao meu lado,
sem que a perceba.
Que me lave
com água de fonte
e me cubra
com o bálsamo branco
do silêncio.

Narciso reabilitado

desde menino

os presságios

deusas brancas

mudas

encerradas

em montanhas

desde menino

o olhar enamorado

pelo enigma das mulheres

vaga dos cabelos

curvas da nuca

mobilidade das águas

textura das auréolas

amante das figuras errantes

um gosto pelo jogo

sempre novo

malogrado

O sacrifício

Ouve o barulho das chaves.

Ouve o barulho das portas.

Ouve o sapateado

dos emissários da escuridão.

Cento e sete passos

e um baque.

Cento e sete passos

e o silêncio.

Cento e sete passos

e seus pés

pensos

sobre o vazio.

Outra aurora

Virá

virá a aurora.

Não mais para mim.

O sereno se condensa

em gotas de água.

O besouro inicia

a lenta travessia do canteiro.

Alguém côa o primeiro café.

Toda crispação do corpo chega ao fim.

Virá,

virá a aurora.

Não mais para mim.

Lembrança de Severo Sarduy

Quando se fere
com a tesoura
a haste
da manga,
escorre
o líquido,
visco
oloroso
que prenuncia
nas ventas
o gozo.
Antecipação
do paraíso
na tarde calorenta
do suco de manga
gelado
que desliza
pela garganta.

Improviso para Roberto Corrêa

Rapaz, apeia dessa correria.
Deixa que a Bolsa caia.
Vamos matar o bicho.
Vamos matar o tempo.
Vamos pitar macaia.
Vamos beber café forte.
Vamos ouvir Roberto Corrêa,
que tem os dedos santos
e a mão consagrada à viola.
Quando ele ponteia,
enverdece a campina.
A viola negaceia,
enternece e roseia.
Faz música que serve
por uma prece.
Esquenta
o coração do descrente,
que até da morte ele esquece.

OS HOMENS E AS COISAS

Os homens e as coisas

sem os objetos

o corpo não tem gravidade
diapasão
prumo

o corpo precisa de contrapesos:
a mesa
a porta
a cama

cavidades onde lança seus parafusos

sem os objetos

o corpo se perde nos buracos

sugados pela mente

se dispersa em círculos centrífugos

o corpo necessita dos objetos

para que eles confirmem

sua existência em fuga

Os caracóis

para Germana Monte-Mór

Sob a noite orvalhada,
caracóis saem dos seus mantos
e rastejam sobre leves
folhas de papel-arroz.
Em sucessivas ondas,
deixam o rastro mucoso,
a gelatina de suas vísceras.

Dos seus devaneios
surgem continentes
umedecidos
pelo visco do seu corpo:
películas translúcidas
no branco da folha.

O espaço que sobra,
aquilo que recusam,
ressalta o branco,
o irregular da veia,
fio de abismo,
sulcos que expõem
o vazio,
onde circulam
a sua dor
e a dor alheia.

Serenata para Sophie von Kühn

Noite alta, céu risonho.
Areia da insônia nos olhos.
O guarda-noturno varre as folhas
amarelas que caíram na rua.
Quantas folhas de outono
haverá ainda por varrer?
Quantas vezes irá supurar
e cicatrizar a ferida do fígado?
A canção das cerdas da vassoura,
que riscam a dureza do asfalto,
fará desabrochar, por fim,
a ansiada Flor Azul?

Cartografias

para Rogério Barbosa

I

Que raio

de corisco

preto

é este

que vara

o branco

e deixa um rastro

de vento

da trincha

em movimento?

II

A lapeada

de rabo de vaca

espanta a mosca

e imprime um risco

escuro

no lombo

do retireiro.

III

O ir e vir

do carro de boi

no brejo da estrada

calca uma trama,

um feixe de sulcos,

mapa emaranhado

da canseira da boiada.

IV

A pasteleira Quita,

analfabeta,

marca a carvão

umas cruzinhas

na parede da cozinha

para contar as bandejas

de pastel de farinha de milho

que suas mãos modelam.

A sequência de cruzes

conta a féria do dia,

o apetite da freguesia,

os limites do seu território.

V

A pilha de toras

de madeira

escurece no terreiro.

Em cada tora,

os anéis revelam

o tempo

acumulado

até o instante

de uma a uma

tombar

sob o gume

do machado.

VI

Uma ausência

atormenta-o

e entaipa-lhe o peito,

um machucado

que nunca cicatrizou,

como se ele houvera

engolido um rolo

de arame farpado.

Solanum

para Claudia Roquette-Pinto

A berinjela irradia

um sol às avessas,

explosão de roxo.

Roxo não é

sua cor exata.

Nome e cor

se confundem

numa intensidade

que é só dela.

Veste solene,

despojada,

sem aparato.

Único tom

lhe deu Vishnu.

Ela, a berinjela,

impregna-se de sol

e vibra seu revés.

Faz do monocromo

um artefato de perfeição.

Lapidário órfico

Você, esposo,
coloque sob a cama do casal
uma pedra imantada.
Sussurre para a amada
elegias de John Donne
ou entoe para ela
cantilenas de dormir.
Quando ela já estiver mergulhada
no abismo do sonho,
dirija-lhe todas as perguntas.
— Tem-lhe sido fiel
ou alguém já dormiu
naqueles lençóis?
— Ainda o ama,
como de início,
ou o amor virou um vício?
Ela responderá a tudo,
sem tramar astúcias.
Se lhe tiver sido infiel,
cairá com a cara no chão.
E você vai ficar
com o diploma de corno
na mão.

Lâmpada

para André Luiz Pinto

De tanto ser vista,
gasta-se a beleza
das coisas que em si
guardam a perfeição.

Quando a retina
esquece o vício,
sai da embalagem
a escultura lisa.

Bulbo leitoso,
em vidro soprado,
com frágeis hastes
em florescência.

Leve máquina
que concentra
a capacidade
de engolir sombras.

Mão de pilão

entre o ar
e a dureza
do cedro
no ir
e vir
metódico
matemático
martelado,
anos e anos
em deslize
pelos dedos
dão à mão
de pilão
uma pele lisa
madura
lustrosa

instrumento
que esfarela
o grão
e caleja
a palma

Estudos para Paulo Pasta

É tela a vida?
Nós a pintamos?
Emílio Moura

Território

Só tem olhos
para um território
que já não existe mais.
Paisagem velada
que persiste na retina.
Que elege uma forma,
esfuma outras
em arcos e colunas.
Paisagem saturada
que lenta se transmuda
em outra no limite
da exasperação.
Paisagem irreal,
onde se respira
um ar rarefeito:
o mundo suspenso
por um fio
no limiar da dissolução.

Acordo

Interrogar a morte
serve para quê?

É melhor
negociar com ela.
Morte a crédito,
um pouco cada dia,
como quem paga
uma prestação.
A maturidade,
o que é?
Um farolete inútil
que aponta as luzes
para o que já se foi.
Morrer sem um esgar.
Sem um suspiro.
Sem frase lapidar.
Morrer de tédio.
Morrer de vodca.
Morrer de tiro
sem nenhuma glória.
Morrer porque
contra a morte
não há remédio.

Sob a água

Ruínas,
vestígios,
cacos
        de uma cidade
        submersa.
Será Creta?
        Veneza?
        Alexandria?

Sob a distorção da água,
o mergulhador
viu apenas colunas,
ânforas,
arcos.
Anos depois,
vêm à tona
esses destroços
de cidade
antevista
construída
dissolvida
pela memória:
presságios do naufrágio.

Rumor

os objetos
iscas
visgos
pretextos
anteparos
alvéolos
poros
que reverberam
suas auras
captam o murmúrio
os véus
do invisível
em seu voo breve

Urubu

alça voo o urubu
                    paira

acima do improvável habitat
dos prédios de escritórios
                    das oficinas mecânicas e madeireiras
                    projeta sua sombra sobre os telhados

aguarda-se sua exibição
como uma cerimônia
a mímica de um oráculo

                    mestria nas parábolas
arrojo nos mergulhos
                    solene indiferença
ao fluxo da vida lá embaixo

alça voo o urubu
abre uma fenda
na couraça da cidade

A ilusão de Khlébnikov

para Cláudio Daniel

Quando a menina apareceu,
a caminhar sobre as escamas dos peixes,
relembrei os versos
se a morte tivesse os teus cachos
e os teus olhos,
eu quisera morrer
aqui mesmo entre as barracas da feira.
Meus olhos penetraram no corpo,
na nuca tatuada, nos cabelos cacheados.
De posse de uma mecha,
invocarei todas as águias marinhas,
para que seja minha esta ridente sereia.
Se soubesse teu nome,
mais poder sobre ti teria.
Podes banhar as pernas
no leite aguado dos meninos
que um fragmento do teu corpo,
farpa de um desejo,
inseriu-se para sempre
em minha carne.

Rasga-mortalha

Suindara,
tuindara,
rasga-mortalha,
a quem
atribuem um
agouro ruim,
traz um círculo
de penas
em volta
dos olhos
como faróis
que cortam a noite.
Plumagem
de ímpar leveza
para que, em quieto voo,
capture a presa.

Niura Bellavinha entra em Ouro Preto

Seu coração salta quando pisa nessas pedras
que os pretos gastaram com a sola dos seus pés.

Sua garganta fecha-se quando pisa nessas pedras
e o peito bate no ritmo das congadas.

Sua mão transpira quando pisa nessas pedras,
como se o cadafalso na praça estivesse armado.

Sua boca seca quando pisa nessas pedras,
como se sua carne por essas ruas sangrasse.

Sua cabeça roda quando pisa nessas pedras
e sente o corpo flutuar em tela de Guignard.

Sua perna treme quando pisa nessas pedras,
como se um mesmo drama a cidade apresentasse.

Santos nas grades

Minas, prendei vossos santos.
Já levaram vosso ouro.
Agora, os ladrões de igreja,
decoradores
e ratazanas de antiquários
cobiçam vossos sacrários.
Os disformes santos mineiros
permanecem sequestrados,
protegidos por grades,
escondidos em baús
numa promiscuidade
que não é correta.
Santo Antônio das Candeias
mistura-se com Santa Clara.
Nossa Senhora do Rosário
aperta-se com São Januário.
São Gonçalo do Amarante
encosta-se em Sant'Ana Mestra.
Exilados nas casas dos sacristãos,
trancados a sete chaves,
os toscos santos mineiros
reclamam seus altares.
Choram também as beatas,
as criaturas de sacristia,
ao ver a igreja vazia.
Não há mais novenas
porque os santos só saem
dos esconderijos
para as missas solenes.
Minas, prendei vossos santos.

Azul e amarelo

Um verão

cor de limão-cravo

em sua explosiva madurez

entre os galhos verdes.

Um verão

cor das bancas de pequis

na rua Goitacazes,

com seus amarelos

que vibram nas retinas.

Um verão

cor de anil.

O céu novamente aberto,

depois das chuvas

repentinas.

Os ritos

Uns têm Deméter em seu carro
puxado por serpentes e leões.
Deusa dos grãos, inventora do moinho,
majestade com coroa de espigas de trigo.
Ofertam-lhe mirtos, narcisos e papoulas.

Outros têm São João Menino,
pastorinho de cabelo cacheado
que leva um carneiro nos braços.
Erguem-lhe estampa de chita barata
em mastro com fitas e papel brocado.

De forma diferente,
uns e outros sabem
que não bastam as sementes,
a terra, a chuva, o suor do homem.
Para que seja farta a colheita,
é preciso haver um sopro sagrado.

Oração natural

Fique atento
ao ritmo,
aos movimentos
do peixe no anzol.
Fique atento
às falas
das pessoas
que só dizem
o necessário.
Fique atento
aos sulcos
de sal
de sua face.
Fique atento
aos frutos tardios
que pendem
da memória.
Fique atento
às raízes
que se trançam
em seu coração.
A atenção:
forma natural
de oração.

OS HOMENS SEM MORADAS

Objetos

Agora,
homens são coisas,
badulaques pendurados
como galinhas na peia,
pelas feiras,
de cabeça para baixo
à espera de compradores.

Agora,
mercadorias têm vida própria.
Saracoteiam quinquilharias
diante dos homens-coisas
que continuam
com pés atados
e bicos ávidos.

Miss E.B. come o fruto proibido

para Paulo Henriques Britto

Zanzando pelas ruas do Rio,
a gringa dá com o cesto de caju.
A fruta demasiadamente escandalosa
exibe tons intensos de amarelo
que, na ponta, passam a vermelho.
Cravada no seu corpo, nua,
há uma indecente castanha.
O caju lhe parece uma mulher
que deixa à mostra aquilo
que deveria estar entre as dobras.
Miss E.B. cai em tentação.
Morde a polpa fibrosa da fruta.
O sabor travoso impregna-lhe as papilas.
O líquido leitoso escorre-lhe
pelos cantos da boca.
Sofre um curto-circuito alérgico.
A cabeça fica do tamanho de uma abóbora.
Em New York, sua médica,
quem sabe, lhe diagnosticasse:
— O caju faz mal aos calvinistas.
Nos corredores da casa,
tão extremosos, os criados
— cuja indolência ela criticará mais tarde —
entre risos, cantam o baião:
"Eu tô doente, morena.
Doente eu tô, morena.
Cabeça inchada, morena."

Voo cego

A vida
balança ao léu,
ao prazer
do vento,
em meio a jornais,
poeira, folhas
e sacos plásticos
do redemoinho.
Somos susto,
fiasco,
chispa,
fisgada
de espinho.
A anos-luz
de distância,
nem nos pisca
o Infundado,
esse criador
distraído
e equivocado.

Ruínas

Terreno baldio:
transtorno de vísceras
                    presságios

a cadeira quebrada
as molduras vazias
ervas daninhas
restos de afetos
                    desarranjos

o dia perde sua luz
arruína-se

a laranja tem gomos secos
o leite amanhece talhado.

Nem o corpo

No seu bangalô,
sob o viaduto,
uma estrela
nunca salpicou o chão.
As balas dos revólveres
furaram o zinco.
Só restaram o abandono,
em sua nudez,
e umas roupas
penduradas no varal.
Ali permanecem,
tesas e encardidas,
em meio à fumaça
dos escapamentos.

Não,
ninguém as reivindicou
como herança.

Baraço

Um buraco.
Um barraco.
Um oco
no estômago.

Um oco
no estômago.
Um barraco.
Um buraco
na testa.

Moradora de Itueta

em memória de Dona Olga

Moradora de Itueta,
volte sua cara para mim.
Vai ficar assim estacada,
sem dizer uma palavra?
Qual é a sua graça:
Carminha, Benvinda, Tomásia?
Em que serra, porteira,
estrada ou margem de rio
seu olhar está assim perdido?
Os seus estão bem
gozando de boa saúde?
Conte-me, em prosa miudinha,
como quem escolhe feijão,
grão por grão,
como foram surgindo
essas trilhas na pele.

Quantas tarefas foram tiradas
de sol a sol, entre as canas de milho,
até que se tecesse essa rede?
Sua cara parece um balaio
tramado pelo tempo.
Diga-me se já usou
papel de seda vermelho
no lugar de rouge?
Já pintou a boca, usou pó-de-arroz *Lady*
e dançou em baile de sanfona?

Não me engane,
que eu percebi a vaidade
do brinquinho de argola.
Por acaso,
é parenta de Dona Olga,
que nasceu em Inimutaba?
Convém processar a Cemig.
Itueta vai sumir sob a represa
e sua cara não orna com cidade nova.
Moradora de Itueta,
acho que nunca nos encontraremos,
mas somos do mesmo país — mudo —
que guarda para si sua mágoa.

Exílio

Na beira da porta de aço,
ela tricota: faz bicos vermelhos
em alvos panos de algodão.
Não sou daqui, não.
Sou de Aracaju, Sergipe.
Vim em busca da minha irmã.
Mudou para o Mato Grosso.
Meu cunhado mora em Marília.
Não sou daqui, não.
Sou de Aracaju, Sergipe.
Tenho dinheiro pra passagem não.
Não sou daqui, não.
Sou de Aracaju, Sergipe.

Deformação

eh pomba suja
    urubuzinha de metrópole
ratazana
ávida por dejetos
    bebedora de água preta
aí está você:
        uma chapa
        uma pasta
de pena e sangue
milhares de vezes
vai-se repetir sua morte
    sob os pneus
eh pomba lerda
viu o que a cidade lhe fez?
Bem feito para você.
Viu o que a cidade nos fez?

Pergunta para o druida

a última mata virgem está devassada
a última tribo foi descoberta pelas câmaras de TV
os satélites radiografaram as intimidades da terra
as ratazanas e os homens disputam os lixões
que conjuração manterá a vida acesa?

Crepúsculo

Este é o espaço da Besta triunfante.
Uns trazem o peito marcado por seus cascos.
Outros, de fora, imploram para ser pisoteados.

Mundo mudo

salta, mundo,
        desse caroço
        de pedra
em que estás aprisionado

toda rua termina
em muro
toda palavra representa
uma falha

salta, mundo,
        desse caroço
de pedra
        vence
as camadas de aluvião
        para que aflore
        um grão
        um broto
        um grito
para quem está exausto
        de auscultar teu corpo
                        ferido

O homem inacabado

[2010]

para Ana Tereza

A metade que parecia dele ficou a esperar a outra,
que se forjava na cidade dividida.
Não conseguia juntá-las.

Aníbal Machado, *Cadernos de João*

Para Evgen Bavcar

que o anjo distraído de Klee
proteja aqueles de corpo incompleto
          sacrificados à máquina
          mutilados pela guerra
          jogados de encontro às rochas

zele pelo corpo ferido
                    oculto pelas palavras
                    preso em próteses
                    coberto por máscaras

que o anjo distraído de Klee
guarde aqueles colhidos na engrenagem
                              produtora de ruínas

O corpo desdobrado

O corpo
do homem velho
e feio
esconde um outro corpo
imaturo
dividido
entre a aceitação da derrota
e a teia dos desejos
que ainda o enredam.
O homem velho
e feio
é duplamente culpado
por ter gasto,
sem se dar conta,
sua quota de juventude
e invejar agora
o corpo
            alheio.

Fachada

Logo vai terminar o prazo
para o homem construir sua fachada.
Ele continua em andaimes.
Provisório.
Exibe máscaras cambiantes.
Sua face inconclusa,
sustentada por ferragens,
parece esconder que,
em todos esses anos de obra,
ergueram-se inúteis plataformas
para edificar um escombro.

Desajeito

O homem inacabado
não tem posição
que lhe traga conforto
na cama.
Luta a noite toda
com o colchão
sem que seu corpo
torto possa encontrar
abrigo.
O pensamento
do homem inacabado
gira em falso
como as rodas de um carro
encravado na lama.

Filoctetes

Num átimo,
a picada da serpente.
Abre-se a ferida
que nunca sara,
que não supura.
Coleção de escaras
que saem à unha
e renascem
novas crostas.
Ri da chaga
aquele que nunca
foi atingido.
A dor:
empecilho.
A dor:
veneno.
Ninguém quer
sua companhia.

Anedota japonesa

Peixes mecânicos nadam,
raros, no aquário em Osaka.

Seu terno de vidro quebrou
no armário de espanto.

Um corvo com bico de aço
volta a furar seu cérebro.

As vísceras de Mishima
pulam debaixo da cama.

Nenhum cão na imensa Tóquio
ganirá por sua solidão.

As contradições

Antes,
a palavra
          convulsa
pedra bruta
          pontiaguda
a girar
nas redes do crânio.
                    Desejo de romper
                    o silêncio da página.
Hoje,
a primazia do olho.

Estar sob a copa
de uma árvore
sem que nada desse esplendor
possa ser escrito.

Ver uma grua,
ave pernalta e severa,
com sua lança e contralança,
no ritual que lembra uma dança.
Sob o assovio do vento,
levanta a caçamba de concreto
para despejá-la no alto do prédio.

Olhar
ou aniquilar-se
pelo sono depois do álcool
                              dois estamentos de paz
                                 em meio ao desgosto dos dias.

Relento

na terra e no vento
        no desamparo da queda
sem colo
ventre
útero
        como último abrigo

nunca mais andar de bicicleta
com o sol batendo nas costas
nunca mais o frêmito na barriga

o ouvido nos pedregulhos
os dois olhos vazados

ninguém ouve o gemido
ninguém rompe a solidão feroz

        um céu só de mágoas ameaça
um homem minado pelo cansaço
        nem mais um passo adiante
rente ao chão
        na terra e no vento deita o corpo gasto

ainda não chegou a hora do repouso

o pensamento gira como um disco riscado
trajeto interminável de quem volta de fasto

O cortador de bambus

Por que o poeta diz
"Cortei bambu: para ti, meu filho"
quando não precisamos mais de bambus
se temos cimento e tijolos?

Para que servem os bambus
se ninguém dá um tostão por eles
e não podem ser deixados como herança?

Quem sabe cortou bambus
para que o filho fizesse
uma cerca perfeita,
dentro dela cresceriam
um jardim e uma horta.

Para que o filho fizesse
arapucas que caçassem
sombras e pássaros inventados.

Para que construísse
uma casa que conservasse
o frescor do vento
e da água da chuva

Cortou bambus para
manter-se vivo.
e não soçobrar
antes que as crianças crescessem.

Cortou bambus mesmo
em meses errados
e muitos deles foram
carcomidos pelos carunchos.

Cortou como quem, às cegas,
abre com o corpo uma picada,
delimita um território,
clareira de sol e ar limpo
em que se possa viver.

Cortar bambus foi sua maneira
de não ficar de mãos atadas.

Coágulos

o que boia na lágrima:
um amor gasto
sem contrapartida
uma visão
dos filhos ressonando
(quais serão os seus destinos?)
umas dores recônditas
a solidão nunca aprendida
umas lavas que ansiavam pela claridade
sem encontrar as palavras
que as conduzissem
ao mar

Saturação

No círculo que a xícara de café
deixa desenhado no pires,
o grão amargo do equívoco.
O olhar preso, a vida presa.
Ânsia que confrange os ossos.
Ninguém atura o risco do cerco.
Ninguém sai dele de mãos vazias.

A romã

A romã
estoura.
Fica
de boca
aberta
    — cicatriz risonha —
a exibir dentes de rubis.

Depois,
as sementes
deixam
um sangue
ralo.
Como se
a romã
fora
ninfa
    deflorada.

Revendo Reverdy

O vento arrancava-lhe o chapéu.
O vento levanta lembranças
que já deveriam estar mortas.
Na poeira suspensa no quarto
                    retorna um rosto quase apagado.
Um homem morreu em Belo Horizonte.
Sua sombra vem toldar a janela.
O mundo sempre será visto como ausência.
                    Há o cansaço de viver de restos
numa orfandade nunca redimida.
O vento arrancava-lhe o chapéu.
O vento turvava o caminho.
O vento poderia dissipar o chumbo
                                        dessas nuvens.

Ferida aberta

reverbera
    a sua morte
em círculos
concêntricos
            de dor

um homem sangrava
outro homem dormia

esse sangue
            coagulado
anuviou para sempre
            a luz do dia

a cada perda
        abre-se um talho
por onde escorre
        sempre viva
a primeira agonia

Túnel de bambus

Um arco de folhas
cobre a estrada.
Sob a sombra dos bambus,
sentadas no barranco,
crianças recebem lições
de catecismo no domingo

— Quanto mundo
para além desse casulo

— Quantos enigmas
longe da luz dessas montanhas

Não dirás nunca mais:
                                        filho
Morrerás
              todo dia
até ninguém lembrar-se
                                        do teu rosto

Via Mala

Entra na fenda,
vai entre as brenhas,
tateia a pedra fria,
vagueia entre frestas,
limos e arestas.
Reverberam as águas
que despencam das penhas.
Segue pela *Via Mala*,
vento e chuva na face,
zonzo pela fala
que os abismos lhe sopram.
Repete aquele menino
que saltava nas tábuas
podres da cisterna:
caiu no fundo do poço.
Salvo com muito custo
quer repetir o susto
que lhe minara o osso.

Nigredo

Farão de você uma espécie de sombra,
mas uma sombra que deseja a vida e nunca morre.
Cesare Pavese

Há muito habitas
um reino escuro
onde te imaginavas
apenas hóspede.

Cadê o júbilo
ao avistar o mar
e quando sentias
o cheiro da maresia?

No reino escuro
não há memória
dos dias de luz
com sol a pino.

Entre sombras
guardas o núcleo
de tua nódoa,
pedra de aluvião.

Não te escapas
da obra em negro,
purgatório infindo
de suas feridas.

Urge for going

Numa segunda-feira de abril,
sem sombra de nuvens,
o sol
a queimar a fronte,
você desiste de caminhar nas ruas
e busca refúgio no quarto
com o ventilador ligado ao máximo.
Esperança de chuva no horizonte.
O verão insiste em sua permanência.
Não há trabalho, amigos ou planos.
Só a "inexprimível tristeza das coisas".
Você busca consolo na voz de Joni Mitchell,
na lembrança de um tempo
em que as canções faziam sentido
e os sonhos mentiam
que iam ganhar altitude.
Embora ninguém note o esforço,
como é trabalhoso permanecer à tona,
quando tudo na cadeia dos dias
aponta a hora da partida.

Night windows

O quarto está deserto.
Uma das janelas está aberta.
O vento suga a cortina branca para fora da casa.
Alguém está por um fio.
Alguém aposta sua última ficha.
Um corpo cairá no negrume da noite.

Mudo

há um limite
na língua dos homens
quando nenhuma palavra
traduz o tormento
somente grito
                gemido
                uivo
                corte
                ferimento
podem dizer
o que não tem
cabimento

Tango

Tens aqui
o oratório, os sacrários
de minúsculas pedras
escolhidas no leito do rio.

Tens aqui
o âmbar, as pratas
dos amuletos
comprados nos antiquários.

Tens aqui
os livros, as letras
daquelas músicas
ouvidas na madrugada.

Tens aqui
minha carne, os vestígios
dos anos insalubres
gastos em minha companhia.

Resposta

Na infância, o que se grava na carne permanece.
O sentimento de humilhação por se sentir
torto
fraco
desastrado
quatro-olhos.

Aprende-se a viver inacabado,
a esconder, constrangido, o corpo
nas penumbras.

Como querer que o homem velho,
com sua parca energia já gasta,
mude o registro consolidado?
Como querer que ande horas sob o sol
e faça exercícios vigorosos
como se fora um ginasta?

Vida minúscula

para quem nasceu destinado
à terra
à enxada
às tarefas
às lidas com o gado
a descoberta da língua,
para além do uso ordinário,
e dos livros
traz um veneno
que o aparta dos seus

extravia-se
vive-se à margem
deseja sem saber o quê

tateia em um mundo
que sempre lhe será estranho

Tribo da noite

Aqueles da tribo da noite
têm cem mil grilos nos ouvidos.

Têm cem mil grilos nos ouvidos
a torturá-los com zumbidos.

Aqueles da tribo da noite
percebem a inércia das horas.

Percebem a inércia das horas
nos ponteiros com suas demoras.

Aqueles da tribo da noite
habitam na areia dos olhos secos.

Habitam na areia dos olhos secos
e recontam seus frutos pecos.

Aqueles da tribo da noite
caçam fantasmas na memória.

Caçam fantasmas na memória
e comem os fiapos de história.

Aqueles da tribo da noite
protegem-se em seus caracóis.

Protegem-se em seus caracóis
quando o sol bate nos lençóis.

Arquitetura da insônia

A palavra perdida
na caçamba de entulhos
entre cacos de azulejos
e restos de reboco.

Mergulhada no caos,
sem eixo, sem direção
girando na história
em busca de uma saída.

Sob as nuvens que assomam,
palavra tensa e espinhenta,
esticada como cerca elétrica,
prestes a ser deflagrada.

Uns inventariam bens
que cabem numa gaveta,
mas que saturam o coração
de afeto e ressentimento.

Já cantam os paturis
no voo rumo à represa.
A cidade surge sob fumaças
e o insone reconta detritos.

Insônia

Passou a noite na capina.
Quanto mais capinava
mais a tarefa espichava.
Acordou com o corpo moído.
Agora o olho desconfiado
não quer mais dormir
com receio de trabalho
dobrado.

Poeminha para Aníbal Machado

Águas escuras e salobras
rolaram a noite toda
sob os alicerces da casa.
O cão do vizinho uivou
até sair espuma pela boca.
Veio a neblina da madrugada.
Presos entre as grades da solidão,
homem e mulher nem atentaram
para a lua, bússola em vigília.

Zumbido

O zumbido nasce
dos comprimidos
e se aquartela
nas paredes
do ouvido.
Parente dos grilos,
das cigarras,
das mamangavas
e dos pernilongos
com sua cantilena
minimalista.
Traz um ritmo
marcado da máquina
infernal de Tinguely.
De válvulas,
de rádio fora de sintonia,
de motor de geladeira.
É um demônio
que assovia
uns desatinos
no travesseiro do insone.

Blues para Niura

1

na geométrica
pedra de anil
— objeto virtuoso —
o menino descobre
o que não havia:
o azul absoluto
sua cosmogonia

2

mergulhe as pastilhas
azuis na água da bacia
inaugura-se um mar
miudinho
(antecipação dele)
em meio à serrania

3

entre
o ametista
e o fundo
azul
profundo
uma nesga branca
fina como o fio de uma faca
por onde escapa o dia

4
embeber os lençóis de linho
na tinta azul
estendê-los
nos varais
como pedido às deusas
                    ausentes

mães surdas
                    nebulosas
que flutuam no vazio

5
a caneta bic azul explode no bolso
da camisa branca de uniforme
o corpo fica poroso ao azul
bebe dessas efêmeras alquimias

6
curar as feridas
da boca
          com azul de metileno
a cor que persiste na língua
vem de um tempo sem memória
antes da primeira palavra

Um artista do corpo

Antes da atenção do olho,
as coisas estão imersas
na neblina, envoltas por
uma película, uma camada
de areia.
A luz do olho,
treinada para ver o que
não está à vista,
rompe este invólucro
e revela as coisas ao mundo
em sua concretude.
As coisas entram pela janela do olho
e agora habitam o corpo do artista.
Estão gravadas nos músculos do braço
e no centro do seu peito
como um saber que precisa
ser reconstruído.
A verdade mora na tela.
O olho nos salva da mentira.

A aparição dos objetos

Tirar do ciclo da morte
aquilo que tantos desprezam —
restos, trapos, cordas,
estrados de cama e roupas sujas —
e fazer com que na tela
nova realidade se revele.
Embebidos de tinta,
os objetos em sua humildade
ganham outra manifestação.
Renomeados pelo olhar,
pelas mãos do pintor
estão para sempre
consagrados.

As garrafas

Um modo de olhar
as coisas sem o foco fixo
da fotografia
e da filosofia da mentira.
Um modo de olhar
as coisas com sua irradiação:
a ênfase de asas irisadas.
Sua face com grânulos
capta o rumor do tempo
que reverbera
desde a primeira era.

Atravessar as coisas

Atravessar as coisas
para melhor absorver-lhes
a duração e o gosto.
Aprender a paciência
de um artesanato.
Sair do outro lado
com outra densidade:
o corpo mais sólido
diante da correnteza
desses dias.

O cachimbo

O cachimbo do poeta
— máquina de escrever
versos no espaço.

No ar flutua
o poema
que ele traça.
Logo se esvai
— mais rápido do que a névoa —
e outro vem e o ultrapassa.

Nem há tempo
para a leitura
desses arabescos
que se esgarçam.

Só o poeta, contente,
sabe dessa obra-prima
oscilante e ausente.

Os versos que escrevemos?
Tudo fumaça.

Galo preto

sobre um poema de Ruy Belo

Convém ignorar o canto
de quem se julga
o senhor do sol e da lua.
Ele empina o corpo rijo
para anunciar fatos
que são puro veneno.
Melhor um despertador
para informar as horas.

Olhe para o pescoço,
a vibração da língua,
as faíscas das esporas.
Todas as veias pulsam
com desejo de morte.
Quer as cristas dilaceradas,
o inimigo com má sorte
e a rinha tinta de sangue.

Crédulos o imolam
para que seja o arauto
da entrada da alma
em um mundo de luz.
Porém, antes da degola,
o último canto conduz
mais um condenado
às portas do purgatório.

O mestre

Dispa-se das vestes da vaidade.
Faça faxina em todos os cantos da casa
para que se possa lamber o assoalho.
Lave as cortinas, escove as paredes.

Dizem que ele tem muitas moradas.
Cuide para que a sua esteja a contento.
Ele nunca chega com hora marcada.
Incerto, pousa a qualquer momento.

Que encontre afinado o instrumento.
Receba-o com reverências de vassalo.
Faça-se de aia, sua mula, seu cavalo.
Sem deixar de pensar em matá-lo.

Dupla realidade

apartado de ti
                    esse outro recebe
a lufada de esgoto
vinda do rio
          com suas águas de chumbo
no trem, cerra os olhos
para que a visão crua
                    não o fira
mais do que já foi ferido
                    vaga por calçadas
e busca nos muros motivos
                    para essa errância
que não encontra repouso
consulta na *obscura religião dos pássaros*
a razão para cantar com contentamento
(quem sabe volte a ouvir Messiaen)

uma fuligem pertinaz
o mantém preso nessa cidade
                    erguida sob as asas de Lilith
aquela que surge nas telas de Anselm Kiefer
sombra de ti
          sente a vida em dobro
exausto de ser anteparo
          para tuas mágoas
tua cópia borrada em carbono
o negativo trêmulo de tuas hesitações

Aquém do homem

Os corpos já nascem
em débito.
A dívida consolida-se
como uma couraça
que adere à pele,
contamina o sangue,
sem que haja lugar
para o desejo.
Quando este surge,
irrompe
como uma facada
na jugular
em beco escuro.

O asfalto, enfim

Se toda morte é descida,
a morte mais dolorida
é aquela com o corpo
varado de balas
                    debruçado
sobre o carrinho de construção
que desce as valas da favela.

Morte de cabeça para baixo
como deveria ter sido a vida
                          inteira
do moleque teimoso
que à força da bala
                      quis levantá-la do chão.

Mística do trabalho

O homem põe seu corpo
no artefato que fabrica.
Veias, suor e respiração
a serviço da monotonia.
O homem gasta seu tempo
e o coloca dentro dos objetos.
Preso no círculo da repetição
morre um pouco
ao fim de cada dia.

Uso

O uso dá caráter às coisas
como se o tempo maturasse
em suas moléculas
uma severa arquitetura

A virtude do menos
enobrece a casa
com a sua recusa
de adornos sem serventia.

O que o homem gasta
em suas mãos
adquire a aura
de suas dores.

O ferreiro

Fixado na imobilidade
das sombras
e nas aventuras do Fantasma,
nem deu ouvidos para aquele
que martelava do outro lado da rua.
Na sua cratera cheia de fumaça,
logo de manhã o fole produzia o vento.
O vento, a chama sob a qual
se vergava o ferro em brasa.
Na sua bigorna lavrava
ferraduras, canecas,
marcadores de gado e foices.
Cadência de artífice
que mantém o prumo
em sua faina
de onde saem
os objetos que povoam o vazio.
Um homem sem senhor
reina na matéria,
sua clareira de liberdade.

Esquivo

na beira
do mato
na borda
do mundo
fora
de eixo
fora
de foco
fora
de ordem
fora
de forma
buscam-te
na província
no subúrbio
na periferia
onde tua sombra
    esquiva nunca é
encontrada
    não há terras
    não há gados
    não há currais
vives em trânsito
tens tua guerra íntima
teu vulcão de afeto
tua desavença
com o mundo
    no horizonte
    nenhum indício de
          paz

Desemprego

Um susto.
Próximo à catraca do metrô
um homem se vê, de súbito,
batendo as mãos
nos bolsos em busca
do crachá.

Depreciação

De hoje em diante
não irás ganhar o pão
com o suor do teu rosto.
Não precisarás mais de rosto.
Nem de suor.
Nem de um corpo.
De hoje em diante
a máquina imperfeita
de teus músculos
será mais um objeto
em desuso.

A salvação pela arte

fotógrafos sem
máquinas

bailarinos sem
palco
atores sem
papéis

malabaristas sem
circo

a arte
salva
a todos
sem distinção

a pobreza
existe
para virar
documentário
na TV

com a arte
redentora
o menino
esquece
a metralhadora
e vai fazer oficina

nas lajes e nas pistas
seremos equilibristas

A preparação do próximo dia

O próximo dia,
ainda que não esteja pronto,
já lateja nas têmporas
depois do vinho de domingo.
Sua saturação de ruídos
antecipa-se naquelas vozes
que vazam das TVs dos vizinhos.
Mesmo que seu nódulo
de sólida amargura
ainda não esteja concluído,
o ganir dos cães na noite
anuncia suas dilatações.
Prova que, embora indesejada,
a segunda-feira virá
nos cegar como havia prometido.

A cidade

Por mais que insistas em recusar,
esta é, sim, a tua cidade concreta
onde tantos te ofereceram amizade
e o amigo partiu pela porta secreta.

Andaste cabisbaixo pelas calçadas
remoendo as humilhações do trabalho.
Marcaste este chão com teus passos,
dores recolhidas como um rebotalho.

Aqui nasceram os filhos, a epifania
das infâncias que sumiram passageiras.
Abriste envelopes com muito medo,
receoso daquelas notícias derradeiras.

Tu que amas a simetria permanente
viste a barriga da cidade arregaçada.
Como nas telas de Anselm Kiefer,
tens nela tuas perplexidades retratadas.

(Abrigo)

Há uma casa,
como casca,
crosta presa
nas costas.
Cicatriz de um
ninho quente,
vermelho de
fogão de lenha,
infância
onde o homem
já não cabe.

Há uma casa
branca como
a cal, vazia,
imaterial,
que flutua
no espaço,
onde o corpo
busca guarida
quando a vida
já perdeu
o seu sal.

Um outro homem inacabado

Nesta cidade impermanente,
um homem jamais está inteiro.
Parte perdeu-se em alguma rodovia.
Outra sonha com montanhas,
água de bica, cachoeiras, maresia.

Esta cidade de São Paulo
nunca está arrematada,
corpo sempre em retalhos.
Mutantes arquiteturas
que não penetram nas veias.

Nesta cidade de São Paulo,
um homem constrói sua casa
como uma flor amarela
que teima em brotar
em zona de perigo.

Efêmera, como outras,
destinada à demolição.
Casca fina e provisória,
fraca diante das ventanias,
das máquinas e da solidão.

Nesta cidade dividida,
cada homem é estilhaço,
entulho jogado na caçamba
porque há outro na fila
para ocupar o seu espaço.

Ofertório

Este livro é dedicado a todos os parentes e amigos que me ajudaram na travessia de um mês de julho muito escuro.

Alguns poemas são para amigos cujas obras admiro e com os quais tenho dialogado nos últimos anos.

Fachada, Mario Rui Feliciani
Anedota japonesa, Ronald Polito
Urge for going, Gilberto Nable
Night windows, Carlos Loria
Vida minúscula, Luiz Ruffato
Zumbido, Luiz Gonzaga
Uma artista do corpo, Rogério Barbosa
A aparição dos objetos, Jardel Dias Cavalcanti
Atravessar as coisas e *Dupla realidade*, Tarso de Melo
O cachimbo, Ruy Proença
O mestre, Maria Alice Vergueiro, com muito atraso
Aquém do homem, Maria Rita Kehl
O asfalto, enfim, Priscila Figueiredo
Uso, Elaine Toffoli Martins

A salvação pela arte, Kleber Mantovani
A preparação do próximo dia, Marcelo Diniz

Para eles e para a turma dos sábados, o meu grande afeto.

Agradecimentos extras para Humberto Werneck, que me presenteou com *Cadernos de João*, e Rogério Barbosa pelos desenhos.

Agradeço também aos editores que publicaram alguns dos poemas deste livro em revistas, jornais, revistas virtuais e sites.

All the lonely people
Where do they all come from?
All the lonely people
Where do they all belong?

Paul McCartney

O antipássaro
[2002-2014]

O pássaro
pesa
e caça
entre lixo
e tédio.

Orides Fontela

Mesa de bar

Andar de táxi
pelo centro da cidade,
a cabeça a girar
depois de tanta cerveja.
Hotel Piratininga,
Ipiranga, Cardeal Arcoverde.
O taxista erra a entrada,
vai parar na João Dias.
A Marginal Pinheiros
está envolta em neblina
que vem da represa.
A vida seria boa
se este táxi rodasse
rodasse horas
e só parasse para
o passageiro se reabastecer
de bebida em outra mesa.
Esta cidade não seria
áspera ameaça
se atravessássemos suas ruas
como pássaros bêbados.

O sonho do arquiteto

As construções:
perfeitas.
Chega o homem.
Tudo decai.

O homem:
sacana.
Sempre o homem.
Esse desmancha-
                    -prazeres.

Pássaros urbanos

ave
nenhuma
faz seu
ninho
nas gruas
das construções

elas próprias
— aves
pernaltas —
erguem
moradas
de pedra

as gruas
têm as
plumas
mais
vistosas
da cidade

outras,
incanoras,
habitam
as junções
dos viadutos
entre trapos
e papelão

muitos
pedem
pela extinção
dessa espécie
tão pouco afeita
às gaiolas

Ode ao morcego

rato, pássaro falhado

sangue ou flores
mãos que são asas
bueiros, forros, caibros, pontes

Opacidade

a cidade
opaca
mulher
em cinzas
sombra
de uma sombra
                    nada desvela

a palavra
esquiva
amuleto
além do além
no terreno intocado
                    nunca se revela

a cidade e a palavra:
sem redes
que apreendam
os peixes do lodo

O mijão

Fui tomar cerveja
no boteco em frente
ao edifício do Mario.
O bar nos expulsou
depois da uma da manhã.
Os bares fecham cedo.
As padarias não podem
vender mais cerveja.
Temos que respeitar
a lei do silêncio.
São Paulo, dizem,
é uma cidade cosmopolita.
Mijei atrás da caçamba
de entulho.
Mijei quente, grosso
e demorado.
E me deu vontade
de mijar nos monumentos,
nos prédios neoclássicos,
nos shoppings e avenidas.
Como a demarcar
um território nesta
cidade onde
eu possa beber e mijar
quanto queira.
Mas era hora
de ir para casa
e recolhi o pinto
e tomei um táxi.

Carta

Soube que vocês pensam em vender tudo aí e vir de mudança para São Paulo. Pensem bem. São Paulo tem muitas coisas belas, mas que a gente não pode aproveitar. Aqui tudo é muito longe, muito dividido. Não vai dar para ajudar vocês. São Paulo é muito grande.

Eu sou muito pequeno.

Maio

o ipê
entregou
        suas folhas
ao vento

despido
        explodiu
        em cachos
                púrpura

sob a larga
          copa
          — abóbada de cores e galhos —
um homem
encontra abrigo
        nesse manto de roxo e azul

por um instante
                — olhos voltados para o alto —
estar vivo
        não lhe traz nenhum sobressalto

Invisíveis

sobre um livro de Fernando Braga da Costa

Homens como
arrebenta-pedra
que insistem
em existir
no estreito
espaço das
frestas
das calçadas.

Uns teimosos
que vestem
macacões
cor de laranja
e andam pela
rua correndo
atrás do
caminhão.

Uns com
uniformes
gastos
que dormem
nas calçadas,
na folga do almoço,
em frente ao prédio
em construção.

Outros
que carregam

baldes,
vassouras,
limpam banheiros,
lavam calçadas
e mesas
de escritório.

Aqueles que
se enrolam
em roupas,
saem de casa
pela madrugada
nas carrocerias
e trazem a pele
lapeada.

Onde estão?
Que poema habitam?

Flora urbana

Os cones

São muito frequentes em toda a cidade, notadamente nas regiões de tráfego intenso. Com cores fortes como laranja e branco, laranja e preto, destacam-se no asfalto. Alimentam-se de monóxido de carbono e outros poluentes. Cultivados por taxistas, guardadores de carros e pela companhia de trânsito. Não têm cheiro, mas causam dor de cabeça. Sempre da mesma altura, crescem em fileiras monótonas. Estão banalizados pelo uso.

As caçambas

As caçambas vivem nas ruas, principalmente em casas que passam por reformas. Devoram azulejos, tijolos, pisos quebrados, a memória da família que habitou aquela casa. Todas trazem em suas pétalas números de telefones gravados. Esporádicas, não têm data certa para florir. São um monumento ao provisório. São flores pesadas, difíceis de serem removidas ou roubadas.

O guindaste

Hierático e altaneiro como as palmeiras imperiais. São muitos e podem ser vistos em diferentes pontos da cidade. Sempre amarelos. Revelam grande senso de equilíbrio e de geometria no seu crescimento. Seus movimentos são sincronizados e perfeitos, numa dança futurista. Em volta deles, costumam surgir prédios de mau gosto. Contrariados mudam-se da noite para o dia para outros terrenos vazios. Floresce e no seu florescer já antecipa detritos.

Os eleitos

porque há muitos de nós
as catástrofes os acidentes
e as crenças
— este desejo esgrouvinhado entre as tripas —
desatam as fúrias
na requisição diária de mortes
nos acampamentos onde crianças
trazem terríveis notícias no olhar

porque há muitos de nós
ferimos a terra com os cascos
entre balas e incêndios
pisoteamos as novas crias

temos sorte
não somos gado de corte

Aquele mês

Corpo. Nudez
exposta
além do limite
da humilhação.

Corpo. Posto
em máscaras.
Entubado. Campo
de agulhas.

Corpo. Sujo
de urina e fezes.
Lavado, manipulado
sobre lençóis.

Corpo. Definhando
nos braços de anjos
em contenda
com a insistente visitante.

Não mexo com nada

Sou um gato
no borralho.
Não rezo.
Não trabalho.

Melancolia
e devaneio
ocupam-me
o dia inteiro.

Ninho

Para além da barreira cerrada
de rencas de cana-da-índia,
oculto atrás das bromélias,
sob o véu das avencas,
no miolo frio da mata,
sugando as águas das chuvas,
em ninho de ventos e musgos,
arfa um pássaro intocado:
— feto com asas —,
sob a transparência da pele,
exibe a trama de veias azuis.
E o rosa da carne imatura.

A falha

os ovos
goram
no ninho

os bicos
não furam
a casca

nem sombra
de asas
no terreiro

Harpia

Pássara que pousou na minha vidraça,
ave imaginária, nascida da minha testa,
antes não ouvia por mais que invocasse
o rumor de suas asas no escuro da noite.

Veio e bebeu toda a água que guardara,
e, quando não havia mais água, furou-me
com o bico a veia do pescoço e o fígado.
Por que do meu quarto não mais se afasta?

Entre noites

escuridão

voo
breve
sob
o sol

segunda escuridão

Não sabe

O amor que não sabe morrer
persiste no olhar do cão
abandonado que,
ao menor gesto,
abana o rabo
na espera do afago.
Está no vaso de planta
esquecido no sobrado
sem moradores.

O amor que não sabe morrer
não pretende tocar o céu.
Quer ficar aqui mesmo —
pedestre, incauto e reles.
Não ouve a ladainha dos mortos.
Nem quer a extrema-unção.

Natureza quase morta

O cansaço chegou.
O manto de chumbo
lhe tolherá os braços.

Vontade entrevada.
Palavra engrouvinhada.

O tédio — a distração da mente.
As dores — a ocupação do corpo.

O cansaço chegou.
O amor exausto.

A chave gira em falso.
Sem que uma nova paisagem
se instaure.

O relógio

giro a faca
sobre a toalha
amarela
da mesa

— o restaurante vazio —

a faca a prumo
projeta dois feixes
de luz
lado liso — ponteiro dos minutos
lado da serra — ponteiro das horas

giro a faca rápido
a dor não se apressa
permanece arraigada
na nuca, nas unhas roídas

movo a faca
em sentido anti-horário
a dor não se desorienta
continua estática e sólida

Zumbido

O zumbido nasce
dos comprimidos
e se aquartela
nas paredes
do ouvido.
Parente dos grilos,
das cigarras,
das mamangavas
e dos pernilongos
com sua cantilena
minimalista.
Traz alguma
coisa de mecânico.
De válvulas,
de rádio sem sintonia,
de geladeira.
É um demônio
que assovia
uns desatinos
na noite do insone.

A queda

O corpo arqueia-se
para o minério da noite.
Como se no chão
houvesse um ímã
a lhe puxar os ombros.
Como são longas
as noites dos velhos.
Como os acontecimentos
mortos reaparecem
com seiva e sangue.
O dia não passou
de um espasmo
para o qual
não houve remédio.
Por onde anda o amor?
Já não o disse a balada?
O amor é tão longe.
O amor é tão longo!

Negrume

podem me dar tarja preta
tentem me tirar do breu
o carvão aqui sou eu

Aproximações

cabeça de vaca
dessas que se colocam na cerca

fóssil de um dinossauro
que o tempo carcomeu

ossos corroídos na ponta
de onde vazou a medula

raio-x de uma mão
que não escreve a palavra

um esqueleto à espera
do toque que esfacela

No princípio era o labirinto

Na noite rasteja-se entre porões,
tubos, elevadores e prédios sem saída.
Um sobe e desce por escadas
que não levam a nada. Variações
do labirinto e suas angústias
que podem render um catálogo
de construções mutantes e emaranhadas.
A nudez do dia abre-se
em pânico e depois alívio.
O cordão umbilical no lodo do escuro
ainda permanece atado.
Não, não narre porque ninguém
quer saber desses trajetos e suas elipses.
Em vão, procura-se pelos resíduos
do chorume na boca e nos lençóis.
Onde estão a poeira, o mofo,
os pedregulhos e coágulos de sangue?
Nada consta. Na próxima noite,
o touro — é preciso esta repetição —
estará de novo acordado.

Encarnado

Depois de tudo terminado,
ainda crês na pedra do escândalo?
Sabes dos crimes praticados
em nome do teu amor?
Era leve a cabeça do discípulo amado
debruçada em teu peito?
Lembra-te do odor de bálsamo de nardo
impregnando a sala e o vinho dos copos?
E o toque de Maria Madalena
fazendo cócegas na planta dos teus pés?

A declamatriz

Seu poema alado,
declamado
com ênfase
nos gestos
e doçuras
de malvasia,
a mim
é indigesto.
Causa-me
azia.
Concordo
com Moore:
detesto poesia.

Anjo exterminador

para Waly Salomão

Não me venha
com essa conversa
de anjo da anunciação.
Você vai enfrentar
um anjo exterminador.
Tateie na caverna
e encontre na sombra
esse predador ancestral
com asas de galo-índio —
pronto para golpear a presa.
Ele crava as esporas
no peito do adversário
e lhe retalha as carnes.
Com o bico,
fura os olhos.
Louco por sangue
quer o gosto da agonia.
Esqueça os versos
que os poetas sussurram
em seu ouvido.
São traidores —
anjos enganadores.
Têm-lhe ódio
quando dizem
morrer de amores.
Negam a si mesmos.
Negam os amigos.
Só têm as palavras
como seus abrigos.

Dono

sou o dono do meu pranto.
minhas mágoas de caboclo
não lhe causam mais espanto

Último outono

para Dora Ferreira da Silva

A acácia insiste em derramar seus cachos amarelos.
O verão já passou e deixou os estragos de uma ventania.
Em vão, espalmei as mãos em busca de um contato.

Choveu forte em seu jardim nessas últimas semanas.
Nenhuma mensagem ultrapassou a barreira dos tijolos,
nem impregnou os tubos e metais de sua cama fria.

Não peço um outono a mais para você.
Só mais um pedido: Átropos, que tanto hesita e demora,
corta logo o fio que se esgarça em agonia.

Língua-mãe

palavra
　　　　oca
　　　　eviscerada
　　　　agônica

língua
　　　　usada
　　　　máscara da morte
　　　　vazia

uma solidão que vem desde o cordão umbilical

por mais que se tente
nunca chega a revelar-se
por mais que tente
ninguém chega perto de ti
　　　　　　　　　　　　　　　　poesia

POSFÁCIO

O reino das luzes apagadas

EDUARDO STERZI

Donizete Galvão foi um mestre da poesia: um mestre do que podemos chamar, pensando em Manuel Bandeira (mas também em Gilles Deleuze), de *poesia menor* — daquela poesia que se recusa ao espetáculo, que sobretudo não cabe na lógica da espetacularização e da mercadoria;* poesia que insiste em olhar para as coisas miúdas e para os seres à margem, que sabe que o poeta é fiel sobretudo ao que se perdeu (como formularam Adorno a propósito de Hölderlin, e De Robertis a propósito de Dante).** E fiel, mais ainda, ao que desde o início já estava perdido, ao que nunca se teve realmente, àqueles objetos e situações que só se dão a ver, outrora e para sempre, como perda: devoradora, devastadora — no limite, aniquiladora.

* Confira-se, a propósito, o depoimento "O poeta em pânico", publicado como posfácio à primeira edição de *Do silêncio da pedra*.

** Theodor W. Adorno, "Parataxis. A lírica tardia de Hölderlin" (1963), *Notas de literatura*. Trad. de Celeste Aída Galeão e Idalina Azevedo da Silva. Rio de Janeiro: Tempo Brasileiro, 1973, p. 81 ("Fidelidade, a virtude do poeta, é aquela para com o perdido"). Domenico De Robertis, *Il libro della "Vita Nuova"*, 2ª ed. aum. Florença: Sansoni, 1970, pp. 10-1 ("Um poeta sabe que nada está verdadeiramente perdido para a poesia").

Não deve surpreender, portanto, que pressentimentos de morte tenham atravessado essa poesia do primeiro ao último livro; e interpretar tais pressentimentos apenas por um ângulo biográfico, à luz da morte precoce do poeta, seria perder de vista o decisivo, que é o compromisso vital — isto é, fatal — com a experiência poética que eles, a seu modo, condensam. Ser poeta é dançar com a morte, é experimentar continuamente a vizinhança do nada, é se confrontar constantemente com o fato de que a existência mais verdadeira, quando se vive para a poesia (e, sobretudo, por meio da poesia), talvez seja a da obra, condição radicalmente póstuma daquilo que só começa a viver em toda sua potência depois da morte do criador, que extrai da morte mesma do seu criador a força com que se comunica com o mundo (neste sentido, toda obra talvez seja, desde sempre, póstuma e todo autor esteja, desde o princípio, morto).

Fazer-se poeta, Donizete Galvão bem o sabia, é cindir-se em pelo menos duas figuras, aquelas que, no seu último livro publicado em vida, ele denominou "homem inacabado" — aquele que jamais consegue se desligar de uma originária "vida minúscula", aquele que é por esta moldado até o fim de seus dias — e "anjo distraído" — aquele a quem caberia proteger quem foi esmagado pela história, a começar pelo próprio "homem inacabado". Fazer-se poeta é, pois, suspeitar-se desde sempre morto, à espera da hora de renascer, que é sempre incerta: hipótese, aposta, poema. Podemos dizer, portanto, que a poesia, para Donizete Galvão, foi, antes de tudo, um incessante drama de perda e salvação, que ele, porém, jamais deixou se revestir dos previsíveis matizes grandiloquentes — muito pelo contrário. Daí a melancolia duradoura e os fulgurantes êxtases, daí o sentimento trágico que não elimina o humor, daí o tenso enlace — aos seus olhos, em suas palavras — de decrepitude e beleza, pobreza e religiosidade, trabalho e poesia, cidade e natureza, solidão e comunidade.

*

Essa tensão no enlace vem de longe: de antes da poesia, embora tenha configurado decisivamente esta, que, por isso mesmo, ganhou feições por vezes um tanto tímidas ou hesitantes, como se estivesse fadada a carregar, ao longo do tempo, um índice de ainda-não-poesia (isto é, a ferida do real que não cicatriza) em meio a formas muito reconhecivelmente poéticas, oriundas seja da tradição moderna, seja do patrimônio popular (porém, já filtrado ou, pelo menos, tocado por aquela tradição). Se há algo como uma experiência fundadora e fundamental a atravessar a poesia de Donizete Galvão, esta parece se situar menos na infância e adolescência em Borda da Mata, em Minas Gerais, sua terra natal, que lhe serve de substrato e arquivo, do que na passagem desta a São Paulo, cidade em que viveria a maior parte da sua vida, a partir de 1979, e na qual morreria em 30 de janeiro de 2014, aos 58 anos. Podemos mesmo dizer, com alguma hipérbole crítica, que toda figuração da cidade, em sua obra, pressupõe a relação entre as duas experiências, relação que, porém, não se resume a uma contraposição simples — e previsível — entre vida urbana e vida rural, anonimato e domesticidade, inferno e idílio.

Não há aqui, em síntese, qualquer nostalgia idealizadora do passado ao recordar insistentemente a experiência anterior, a experiência no interior.[*] A rememoração da infância não cancela a percepção negativa que se teve dela enquanto ocorria, na forma, sobretudo, de um sentido de inadequação com relação ao ambiente de origem. Em mais de um poema, escreve sobre a sua pouca familiaridade com as lidas do campo, quase uma maldição a destiná-lo, pelo menos na narrativa *après-coup*[**] do poeta, à introspecção e à imaginação, ao estudo e à poesia. Não deixa de ter força de paradoxo que, precisamente por meio da imaginação e da poesia, reviva aquele tempo, com frequência, ao longo de sua obra, fazendo renascer personagens e situações a partir de imagens por vezes mínimas, mas pungentes, e de palavras raras, ainda que humildes — nomes de ferramentas e de procedimentos da faina rural, por exemplo.

As imagens do passado estão, desde o princípio, já envenenadas[***] pela constatação, que talvez a vida posterior na cidade propicie ou acirre, de que as relações supostamente mais simples no campo, dos homens entre si e com os demais seres animais e vegetais que os rodeiam, já se acham feridas pela exploração do trabalho e pela expropriação no sentido mais amplo — e menos revolucionário — da palavra: perde-se o próprio, mas sem expe-

* Cf. Régis Bonvicino, "Utilidades dos poemas surgem de duas formas", *Folha de S. Paulo*, 20 nov. 1999, suplemento *Ilustrada*, p. 8: "Galvão, embora possa parecer, não é nostálgico. Tem ele a consciência de que o 'inominado' está, como a própria palavra, 'minado' [alusão ao poema "Mapa", de *Ruminações*] e que a recuperação da memória é máscara para se criticar o que se vive agora".

** Cf. Zelig Libermann, "*Après-coup*: a dimensão traumática", *Revista Brasileira de Psicanálise*, v. 49, n. 4 (2015), pp. 118-32.

*** Cf. "Copo de veneno". In: *As faces do rio*.

rimentar a potência do impróprio.* Mesmo a passagem do tempo, que poderia ser vista apenas como um fato da natureza, toma a forma de uma moenda, imagem do trabalho contra o desejo (frustrado) de "repouso":

Um tapete de goiabas
estende-se sobre a grama.
Os jacintos em bloco
ergueram suas flores.
Poderia ser este o lugar.
Este o tempo do repouso.
Mas a roda dentada nunca para.
Mói o caramujo envolto em formigas.
Mói o cão içado do poço por um balde.
Mói os fios de cabelo de Anita
que protegem os pés de rosa.
Mói as rosas.
(Em direção ao rio,
lá vai a mulher com a pedra no bolso.
Lá está ele na cama
com os tubos no nariz.)
Há perfumes de jacintos
e goiabas vermelhas de outono.
Cada instante tem sua polpa
e no centro o áspero caroço.

Contudo, a possibilidade de uma metamorfose, ou mesmo de uma fusão entre existências diversas, surge,

* Na contramão do que, na cultura brasileira, as sucessivas encarnações da Antropofagia, por exemplo, vão oferecer. Cf. Eduardo Sterzi, *Saudades do mundo. Notícias da Antropofagia*. São Paulo: Todavia, 2022.

para além de todas as constrições econômicas e ontológicas, justamente onde poderia parecer menos provável, nos contatos com o reino mineral, seja com as pedras ("Na pedra,/ ele espreita:/ peixe, pássaro, lua"),* seja, sobretudo, com a água, como se a transformação — e a subversão do esgotamento resultante do império do trabalho — só fosse possível no limite físico onde a vida já parece tão ausente quanto a própria morte. O poema "O poço", de *As faces do rio*, uma das obras-primas de Donizete Galvão, é, quanto a isso, exemplar:

1

O poço não é um buraco com água a céu aberto,
mas cristal líquido, cravado no tijuco cinza.

Cada dia o poço é um e está mudado em outro:
à custa de tanto uso, cada manhã mais novo.

Sempre outra é a dança dos círculos até a borda,
que pouca pedra basta para infinitos movimentos.

A primeira água do poço não serve para o pote,
pois sempre há cisco, insetos ou pele de ferrugem.

Entretanto, o fundo do poço tem belezas de parto:
a mina lança brotos de água e insufla areia fina.

* Mas a pedra também pode ser, na poesia de Donizete Galvão, a forma do que, mesmo se alterando, não perde seu peso, que é tão físico quanto metafísico; cf. "Peso". In: *As faces do rio*. E *Do silêncio da pedra* é, significativamente, o título do seu terceiro livro, de 1996. O primeiro poema do livro termina com os seguintes versos: "A pedra cala/ o que nela dói".

Se à noite chove, o poço turva-se como quem morre.
Não amanhece espelho e sim buraco com água suja.

2

Beber água do poço, direto, sem caneca, exige tento,
pois a concha da mão não basta para quem tem sede.

Um modo elegante de para o poço fazer reverência
é tirar o chapéu e mergulhá-lo, agora mudado em copo.

O suor pode botar gosto de sal na água doce do chapéu,
mas o que refresca a garganta, também a cabeça esfria.

Outro modo, é quando há por perto folhas de inhame.
A água desliza no verde com sua película de prata.

E as gotas, na corda bamba, quais aquáticas bailarinas,
bailam tão puras, que a gente sente pena de bebê-las.

Mais um modo, é como o papa deitar-se de corpo inteiro:
a boca beija a água e, do fundo, outro olho nos enxerga.

Enquanto se engole a água, as costelas roçam o chão.
Não se sabe se o pulsar é dela, terra, ou dele, coração.

✷

Na maioria das vezes, porém, aquele sentimento inicial de inadequação não passa; pelo contrário, amplia-se conforme os anos se sucedem: o poeta se figura, repetidamente, como alguém que, em São Paulo (a "cidade" por excelência, no seu léxico), se sente mal posto no mundo do trabalho — e não menos fora dele. O deslocamento no espaço e no tempo, portanto, não rasura a experiência originária; antes, confirma seus aspectos mais traumáticos, como se vê em "Lição de casa", do seu primeiro livro, *Azul navalha* (1988), especialmente ilustrativo por colocar em cena já a poesia como instância formativa, e tão mais formativa na medida em que prepara para a devastação:

> Primeiro ano do ginásio.
> Leitura: *Mudanças*.
> Autor: Paulo Mendes Campos.
> Comentar a seguinte frase:
> *Viver é colecionar ruínas*.
>
> [...]
>
> Vinte anos depois.
> Lição aprendida.

Estamos, aqui, diante de uma obra muito mais radical do que pode parecer à primeira vista: por baixo da aparente reiteração apaziguada das formas menos experimentais do catálogo moderno, pulsa um coração de treva. De lição em lição, a negatividade do mundo só se amplia: em "Lições de noite", de *A carne e o tempo* (1997), a imagem da lamparina, a que os versos retornam repetidamente, apenas acentua, por contraste, a dominante obscura desta poesia. Sua síntese está na conclusão do último verso: "a noite é nossa sina".

É apenas quando o poema mais parece querer cantar, como naquele que se intitula "Melodia sentimental", do mesmo livro, que a noturna sina parece arrefecer, ainda que sob a forma de uma solicitação dirigida a uma instância que é a um só tempo exterior e interior ao *eu*: "não deixe que se misturem: ela, a noite escura, e mais eu". No entanto, se, noutros poemas, o impulso cantante se preserva do início ao fim (como ocorria em "Cantiga" e "Aves", de *Azul navalha*), neste, em que o caráter musical é explicitamente invocado por meio da referência à peça homônima de Villa-Lobos, a extensão maior dos versos dissolve em prosa o desejo de canto, trazendo, em alguma medida, a treva de volta no ato mesmo de buscar afastá-la.

Seria fácil, de acordo com uma sintomatologia mais antiga ou mais contemporânea, falar em *melancolia* ou *depressão** a propósito desse fundo de sombra que atravessa toda a obra de Donizete Galvão, porém ambas as noções talvez negligenciem um aspecto essencial: que a treva, aqui, a despeito da abordagem autobiográfica tantas vezes prevalente, não pertence propriamente ao sujeito, como emoção, sentimento ou afeto (ainda que, inevitavelmente, incida sobre ele traduzida como fato psíquico), mas, antes, é algo como a face secreta do mundo; ou nem tão secreta, apenas difícil de ser encarada — e é isso mesmo a que assistimos o poeta fazer, de poema a poema, de livro a livro: encarar, sem descanso, a treva, e sempre mais de frente.

Daí que a noite — ou, mais exatamente, aquele instante de intensificação da obscuridade "quando a noite vira madrugada" — se apresente, nesta obra, como o momento do embate erótico, mas não por isso menos violento, com as palavras, como se vê em "Domínio da noite", que se inicia com dois versos magistrais: "Eis sua

* Cf. "O hóspede". In: *Mundo mudo* (2003).

fazenda:/ o reino das luzes apagadas"; onde *fazenda*, sem deixar esquecer seu significado presente, recobra sua etimologia, "aquilo que se deve fazer", isto é, a própria *poesia*, produto do poeta, o *fazedor*. A "carne exposta" do último verso, "isca" com que o poeta busca atrair as palavras "na escuridão", confunde-se com a integralidade do seu ser em ruína.

✷

Aqui, o "Milagre" (e este é o título de outro poema de *A carne e o tempo*) parece só se deixar declinar na forma de um "tem de haver" ("tem de haver um porto, uma praça,/ um caramanchão de rosas brancas,/ uma sombra. uma moringa d'água"...) ou de um "deve haver" ("deve haver numa curva um remanso,/ de pássaros, canto de seriema,/ prata de peixes rio acima: piracema") — que são também as formas do que, na verdade, *não há*. Por mais que tais formulações sugiram o encontro da poética com uma ética, ou mesmo a conversão de uma em outra, esta poesia é, antes, uma ontologia negativa, que constata sobretudo a inexistência das coisas e neutraliza, por meio de suas invocações eventuais de perspectivas humanistas que são também revogações, todos os saberes positivos mobilizados, mas também a ética e mesmo a teologia, como se vê em "Voo cego", de *Mundo mudo* (2003): "A anos-luz/ de distância,/ nem nos pisca/ o Infundado,/ esse criador/ distraído/ e equivocado".

"Olhar bem para as coisas que de repente deixaremos de ver para sempre": eis a epígrafe de Aníbal Machado que Donizete Galvão escolheu para esse livro. E nele, não por acaso, a presença da morte é insistente (vejam-

-se, entre outros, poemas como "Visita" e "Outra aurora"), tanto quanto são recorrentes as iluminações ("Lembrança de Severo Sarduy", "Os caracóis", "Solanum", "Azul e amarelo" etc.) que cancelam, temporariamente, com sua solaridade, a dominante noturna dos livros anteriores — dominante que, porém, retornaria com força nos últimos dois livros. E o embate da luminosidade com as sombras é, em *Mundo mudo*, às vezes literal, como no poema "Lâmpada", elogio dessa "Leve máquina/ que concentra/ a capacidade/ de engolir sombras".*

Não surpreende, dentro desse quadro, que, ao longo de sua trajetória, o poeta tenha convocado, por vezes, de modo explícito ou transfigurado, a imagem por excelência do desejo erótico não só marcado pela perda do objeto, mas, de fato, suscitado por essa perda, que o configura como perpétua perseguição do impalpável; são as "Ninfas", que aparecem já no título de um poema de *Azul navalha*: "Voláteis. Escorregadias./ Basta um toque./ Não resta nada em nossas mãos".** A Ninfa — "imagem da imagem", como bem viu Agamben*** — oferece aos poetas, na sua existência fugidia, uma revelação fundamental: a do aprofundamento incessante do abismo en-

* Compare-se esta lâmpada com a lamparina de "Lições de noite", de *A carne e o tempo*, comentado há pouco. Ou, ainda, no mesmo *Mundo mudo*, com estes versos de "Estudos para Paulo Pasta": "A maturidade,/ o que é?/ Um farolete inútil/ que aponta as luzes/ para o que já se foi". A luz, na poesia de Donizete Galvão, não dura muito.

** Maura Voltarelli Roque dedica um capítulo inteiro do seu grande estudo sobre as ninfas na poesia brasileira moderna e contemporânea à poesia de Donizete Galvão; cf. "Ninfa volátil: as meninas escorregadias e inacabadas de Donizete Galvão". In: *Amar, depois de perder. Uma poética da ninfa*. Campinas: Ofícios Terrestres, 2021, pp. 341-440.

*** Giorgio Agamben, *Ninfe*. Turim: Bollati Boringhieri, 2007, pp. 53-4.

tre o mundo dos corpos (e das coisas, esses outros corpos) e o mundo das imagens; aprofundamento tão mais sensível (o que pode parecer paradoxal, mas não é) conforme as imagens, num processo que se confunde com a própria modernidade, vão ocupando todos os lugares antes destinados aos corpos. Esse abismo, aliás, pode se abrir dentro do próprio eu, como se vê, ainda no primeiro livro de Donizete Galvão, nos poemas "Voraz" ("peixe de briga/ [...]/ crava a boca/ na carne/ julga ser outro/ a imagem/ refletida no espelho") e "Invocação" ("Esses nos apartamentos,/ acossados/ diante dos espelhos").

A carne e o tempo já era, em larga medida, uma "meditação" (como propõe o título de um poema)* sobre o desejo — os desejos — e, por consequência, também uma meditação sobre as imagens, esses seres a um só tempo materiais e imateriais, desejados e desejantes, que povoam nossas vidas, sobretudo a partir da invenção do cinema** e, antes, da emergência da forma-mercadoria e do fetichismo a ela correspondente, tais como descritas na análise pioneira de Marx.*** De uma "putinha de São João del-Rei" (designada também, em alusão à personagem de Fellini, "uma cabíria mineira"), o poeta diz: "Passado tanto tempo,/ sua visagem ainda me visita". Essa visitação de visagens é a mecânica mesma da sua poesia. A propósito dela, o poeta fala em "masturbação metafó-

* "Segunda meditação da carne". In: *A carne e o tempo*.

** Cf. "Parque de ídolos" e "Parque de ídolos 2". In: *A carne e o tempo*.

*** O processo concreto por trás dessa duplicação da vida será registrado de modo quase didático em "Objetos", de *Mundo mudo*, no contraste entre os "homens [que] são coisas" e as "mercadorias [que] têm vida própria".

rica" e "masturbação visual".* E daí assistirmos, nessas páginas, a um desfile da vida imaginária de ninfas, fotografias, fotogramas, relâmpagos, fogos-fátuos, aparições, Golem, videoclipes, documentários, filmes B, os "dejetos de imagens" captados pelas "parabólicas" de Borda da Mata, clones, "quimeras que flutuam no ciberespaço", "músculos, pernas e coxas/ de outdoors e anúncios de perfumes" etc. É sintomático, porém, que, em meio a essa proliferação, uma imagem não se deixe aferrar: "Memória do paraíso/ não tenho não".**

✷

"Cidade irreal", poema de *Azul navalha*, é, desde o título, uma releitura de T. S. Eliot (a última estrofe da primeira parte, "The burial of the dead", de *The waste land*) e Ezra Pound ("In a station of the metro"). Mas, ao exacerbar o caráter de imagem da cidade e de seus habitantes, Donizete Galvão acentua também a circularidade infernal da vida urbana, tematizada sobretudo pelo primeiro:

> Uma membrana de morte envolve a carne cinza da cidade. Essas pessoas que passam com suas faces interrogativas nos ônibus e nos trens são figuras de um pesadelo, condenadas a repetir o mesmo trajeto. Ninguém chora por ninguém. Cada uma delas pensa que é real. O sonho é o outro. Que a está sonhando também.

* "Halo" e "Desejo em movimento". In: *A carne e o tempo*. No primeiro poema, fala também em "ejaculação virtual".

** "Depois da queda". In: *A carne e o tempo*. "Nada dói mais do que a lembrança da casa,/ encravada como um prego/ que lateja na memória", escreve em outro poema do mesmo livro.

A própria relação de leitura — que, mesmo antes de se estabelecer entre leitor e poeta, é por este pressuposta, na forma de um "Irmão inventado" (o *hypocrite lecteur* de Baudelaire, seu *semblable*, seu *frère*) — é também circular, envolvendo uma possibilidade de descoberta de si, *não só pelo outro, mas como outro*, que o trânsito pela cidade também oferece:

> Na noite de olhos secos,
> um outro repete meus gestos.
> Num quarto igual a este,
> interroga o branco das paredes.
> Se durmo, sonhará ele meu sonho?
> Beberemos os dois
> a água do mesmo rio?
> Meu irmão inventado,
> o que eu faço não sei.
> Quem me lê é quem me cria.
> Espalho cacos de um espelho.
> Minha face por inteiro não verei.
> Veja você por mim qualquer dia.

Esse é o último poema do primeiro livro de Donizete Galvão; não por acaso, uma das três epígrafes do livro seguinte, *As faces do rio* (1991), é esta, do poeta persa Rumi: "O homem é olhar, o resto não é nada mais que carne".

Se compararmos os dois últimos livros, *O homem inacabado* e *O antipássaro*, com os primeiros, fica evidente o progressivo e brutal fechamento de horizonte, não só para a percepção e a ação, mas inclusive para a imaginação. No póstumo *O antipássaro*, que reúne textos escritos entre 2002 e 2014, fica explícito o horror de viver em São

Paulo, mas também de voltar para casa, conforme se registra no poema de abertura, "Mesa de bar":

Andar de táxi
pelo centro da cidade,
a cabeça a girar
depois de tanta cerveja.
Hotel Piratininga,
Ipiranga, Cardeal Arcoverde.
O taxista erra a entrada,
vai parar na João Dias.
A Marginal Pinheiros
está envolta em neblina
que vem da represa.
A vida seria boa
se este táxi rodasse
rodasse horas
e só parasse para
o passageiro se reabastecer
de bebida em outra mesa.
Esta cidade não seria
áspera ameaça
se atravessássemos suas ruas
como pássaros bêbados.

Nem as ruas nem a casa servem ao poeta: o táxi aparece para ele como uma espécie de fulguração de um lugar móvel, precária heterotopia, que ele sabe, no entanto, que não pode habitar. A cidade não deixa de ser o que é, com suas ruas nomeadas como num mapa, e, sobretudo, aquele que nos fala no poema não consegue fugir de si.

Em contraste, em *As faces do rio*, por exemplo, havia, por vezes, ainda que perpassada pela sua antítese (o "horror"), uma pulsão quase utópica — e também ucrônica — por meio da qual se sonhava uma outra história na forma de uma outra geografia (contra a "geografia pontiaguda como faca" que é a forma do mundo presente no poema "Fotografia durante o sono"). Vejamos, por exemplo, o poema "Fundador":

> Ele fundou uma cidade na memória,
> território de sonhos que a tudo acolhe.
> Ruas que são matas
> que são rios
> que são abismos
> em ilógica geografia.
> Mortos de infância
> falam com amigos de agora.
> Cruzam a cena
> faces entrevistas em outras esquinas.
> Há um horror de arma engatilhada,
> pronta para começar o sacrifício.

Mesmo um zoológico pode guardar algo dessa reinvenção — não isenta de terror — do tempo e do espaço, ainda que o poeta conceba como "Eternidade" (título do poema subsequente na ordem do livro) uma temporalidade que se furta às aspirações humanas à transcendência: "Cada bicho nos mira/ com olhos sem memória./ Nada foi. Nada será./ Tudo é agora/ neste universo sem relógio".

✷

De todos os bichos, é a pomba talvez aquele em cuja imagem o poeta mais longamente se revê — e, não por acaso, dela descendem, em certa proporção, todos os pássaros de *O antipássaro*: "pássaros bêbados"; "pássaros urbanos"; o morcego, esse "pássaro falhado"; ou, ainda, "os ovos [que]/ goram/ no ninho". Na poesia de Donizete Galvão, a pomba não é a anunciadora do fim da tormenta, como no relato bíblico de Noé — mas, pelo contrário, é um signo da própria tormenta.* Já aparecia em "Domingo paulistano", de *Azul navalha*:

> Uma pombinha encardida pousa na calçada.
> O casal de namorados deixa a lanchonete.
> Cheiro de hambúrguer no ar.
> Daqui a pouco estarão acesas as luzes da cidade.
> Imenso cartão postal da nossa solidão.

Mas se revelará um duplo do poeta especialmente em "Deformação", de *Mundo mudo*, com sua morte iterativa e, por isso mesmo, se não houvesse o olhar do poeta, infinitamente insignificante:

> eh pomba suja
>   urubuzinha de metrópole
> ratazana
> ávida por dejetos
>   bebedora de água preta
> aí está você:

* Isso ocorre também na recuperação da imagem bíblica por Fabio Weintraub, na conclusão do poema "Náufrago", no seu memorável livro de 2002, *Novo endereço*. São Paulo: Patuá, 2022, pp. 35-7. Cf. na mesma obra "Pombos", p. 49.

uma chapa
uma pasta
de pena e sangue
milhares de vezes
vai-se repetir sua morte
sob os pneus
eh pomba lerda
viu o que a cidade lhe fez?
Bem feito para você.
Viu o que a cidade nos fez?

Essa combinação ímpar de *nonchalance* e *páthos*, distanciamento e identificação, coloquialidade e reverência, ironia e tragédia resume perfeitamente a poesia de Donizete Galvão — e pode ser vista como uma espécie de emblema que abre sua última fase, renovando suas exigências. Um poema como este pede menos leitores do que testemunhas.

ÍNDICE EM ORDEM ALFABÉTICA DOS TÍTULOS DOS POEMAS

Notas de leitura

Notas de leitura

Notas de leitura

Notas de leitura

EQUIPE DE PRODUÇÃO
Ana Luiza Greco, Cristiane Alves Avelar, Fernanda Diamant, Julia Monteiro, Juliana de A. Rodrigues, Leonardo Gandolfi, Marília Garcia, Millena Machado, Rita Mattar, Rodrigo Sampaio, Zilmara Pimentel

ORGANIZAÇÃO Paulo Ferraz e Tarso de Melo

REVISÃO Paula Queiroz

PROJETO GRÁFICO Alles Blau

EDITORAÇÃO ELETRÔNICA Página Viva

A marca FSC® é a garantia de que a madeira utilizada na fabricação do papel deste livro provém de florestas gerenciadas de maneira ambientalmente correta, socialmente justa e economicamente viável e de outras fontes de origem controlada.

Dados Internacionais de Catalogação na Publicação (CIP)
(Câmara Brasileira do Livro, SP, Brasil)

Galvão, Donizete
Poesia reunida / Donizete Galvão ; organização Paulo Ferraz , Tarso de Melo. — São Paulo : Círculo de poemas, 2023.

ISBN: 978-65-84574-87-8

1. Poesia brasileira I. Ferraz, Paulo. II. Melo, Tarso de III. Título.

23-161849 CDD — B869.1

Índice para catálogo sistemático:
1. Poesia : Literatura brasileira B869.1

Tábata Alves da Silva — Bibliotecária — CRB-8/9253

circulodepoemas.com.br
lunaparque.com.br
fosforoeditora.com.br

Editora Fósforo
Rua 24 de Maio, 270/276, 10º andar
01041-001 — São Paulo/SP — Brasil

CÍRCULO *Luna Parque*
DE POEMAS *Fósforo*

LIVROS

1. Dia garimpo
Julieta Barbara

2. Poemas reunidos
Miriam Alves

3. Dança para cavalos
Ana Estaregui

4. História(s) do cinema
Jean-Luc Godard
(trad. Zéfere)

5. A água é uma máquina do tempo
Aline Motta

6. Ondula, savana branca
Ruy Duarte de Carvalho

7. rio pequeno
floresta

8. Poema de amor pós-colonial
Natalie Diaz
(trad. Rubens Akira Kuana)

9. Labor de sondar [1977-2022]
Lu Menezes

10. O fato e a coisa
Torquato Neto

11. Garotas em tempos suspensos
Tamara Kamenszain
(trad. Paloma Vidal)

12. A previsão do tempo para navios
Rob Packer

13. PRETOVÍRGULA
Lucas Litrento

14. A morte também aprecia o jazz
Edimilson de Almeida Pereira

15. Holograma
Mariana Godoy

16. A tradição
Jericho Brown
(trad. Stephanie Borges)

17. Sequências
Júlio Castañon Guimarães

18. Uma volta pela lagoa
Juliana Krapp

19. Tradução da estrada
Laura Wittner
(trad. Estela Rosa e Luciana di Leone)

20. Paterson
William Carlos Williams
(trad. Ricardo Rizzo)

PLAQUETES

1. Macala
Luciany Aparecida

2. As três Marias no túmulo de Jan Van Eyck
Marcelo Ariel

3. Brincadeira de correr
Marcella Faria

4. Robert Cornelius, fabricante de lâmpadas, vê alguém
Carlos Augusto Lima

5. Diquixi
Edimilson de Almeida Pereira

6. Goya, a linha de sutura
Vilma Arêas

7. Rastros
Prisca Agustoni

8. A viva
Marcos Siscar

9. O pai do artista
Daniel Arelli

10. A vida dos espectros
Franklin Alves Dassie

11. Grumixamas e jaboticabas
Viviane Nogueira

12. Rir até os ossos
Eduardo Jorge

13. São Sebastião das Três Orelhas
Fabrício Corsaletti

14. Takimadalar, as ilhas invisíveis
Socorro Acioli

15. Braxília não-lugar
Nicolas Behr

16. Brasil, uma trégua
Regina Azevedo

17. O mapa de casa
Jorge Augusto

18. Era uma vez no Atlântico Norte
Cesare Rodrigues

19. De uma a outra ilha
Ana Martins Marques

20. O mapa do céu na terra
Carla Miguelote

CÍRCULO *Luna Parque*
DE POEMAS *Fósforo*

Este livro foi composto em GT Alpina e GT
Flexa e impresso pela gráfica Ipsis
em agosto de 2023. Os versos
que escrevemos? Tudo fumaça..